节气之美·食事：美人纤手炙鱼头

李敬白　著

内蒙古人民出版社

图书在版编目（CIP）数据

节气之美．食事：美人纤手炙鱼头/李敬白著．——
呼和浩特：内蒙古人民出版社，2021.12

ISBN 978－7－204－16281－9

Ⅰ．①节… Ⅱ．①李… Ⅲ．①散文集—中国—当代
Ⅳ．①I267

中国版本图书馆 CIP 数据核字（2020）第 018523 号

节气之美·食事：美人纤手炙鱼头

作　　者	李敬白
责任编辑	王继雄
责任监印	王丽燕
封面设计	侯　泰
出版发行	内蒙古人民出版社
地　　址	呼和浩特市新城区中山东路 8 号波士名人国际 B 座 5 层
网　　址	http：//www.impph.on
印　　刷	内蒙古恩科赛美好印刷有限公司
开　　本	710×1000　1/16
印　　张	11
字　　数	161 千字
版　　次	2021 年 12 月第 1 版
印　　次	2022 年 1 月第 1 次印刷
印　　数	1－2000 册
标准书号	ISBN 978－7－204－16281－9
定　　价	27.00 元

如出现印装质量问题，请与我社联系。

联系电话：(0471) 3946120　3946173

序　言

　　"民以食为天"，饮食关乎人类的生存与健康，不同的节气，亦有对应的饮食，节气饮食不仅要味美适口，更要健康营养。"什么时候吃什么东西"是具有养生概念的命题，一代代先人以神农氏尝百草的精神对之加以论证。我之所以能写出这本书，只不过是站在先人的肩膀上，当然，这不是鹤立鸡群，而是置身在他们的光辉下。

　　品美食、写文字是我空暇时的消遣。现实环境里，美食文字终究是一种小情小趣的闲文，但这也是有声有色的生活记录。这种自我的记录好比我递交的考试试卷，当我把这份试卷交给读者时，内心有一些忐忑，更有一些兴奋和不安，希望能以个人的味觉体验、理解感悟来引发读者的情感共鸣，若是能够引发他们更多的现实思考，这几乎就等于我考了一份高分的试卷了。

　　上天是公平的，不会让某种食物长期占据全部节气的舞台，于是，一年四季便有了丰富多彩的食材。二十四个节气，我在每个节气中，选取三道对应的时令美食，涵盖蔬菜、水鲜、肉类、面点等，在特定的节气，每一道食物都有其功用与价值。

　　当下环境，部分受到污染的食材和部分速成食物危害着人们的健康，重新恢复节气和饮食的关系，对人类的健康尤为重要。节气和饮食的原本关系，用一个比方来说，就是导演和演员的关系，节气规定食材什么时候该在厨房登场，当然人们是观众，也是造型师，他们会根据节气的要求对食材进行量身打造，配合上水火锅碗等道具，变身成为佳肴的食材就让人们更好地补充能量。

　　从精神层面来看，节气饮食不仅可以带来口感上的享受，更可以触动内心最柔软的地方，即便有同样的食材，相同的烹制方法，但若缺少情感上的

"调料"，味道必然会有明显的差别，比如蕴含母爱的香椿粥、见证初恋的鸭血粉丝汤、凝结乡愁的盐水鹅……亲情味、爱情味、友情味和乡情味，隐含在每一道饮食里，借助饮食委婉表达的情感，不会因时间的流逝而变得不复存在，不会因人的际遇改变而黯淡无光。

在立春吃一盘红烧河豚，在芒种煮一锅酸梅汤，在秋分时熬一罐蟹油，在冬至时喝一碗豆腐花……食事背后蕴含着大量的民俗风情、哲理思想、文化典故，这也是我关注的重点，它们前世今生的故事，让生活更有滋味，让日子更有盼头。

平心而论，我只是一个写作者，虽然会做几道小菜，但还不是一个合格的厨师，但好在先贤袁枚给了我信心。他是一个不会做菜的文人，却是青史留名的美食家，他置孟子"君子远庖厨"的教条于不顾，以所著《随园食单》为自己的人生留下了精彩篇章。这本《节气之美·食事·美人纤手炙鱼头》就算是追随袁枚，我想把它定位成有生活味的随笔集和有文化味的食谱。至于它能取得何等影响，还是顺其自然吧！

在重要的宴席开场前都会有祝酒词，我想把这个序言当作诸君翻阅本书之前的开场白。虽然它不一定面面俱到，但希望能够表明我的真诚，这也同样是我对待饮食的态度。

目　录

第一辑

春

　　春天的暖阳，催发万物复苏，人的味蕾也不由自主地兴奋起来。品尝春天蔬菜的新鲜，品味水产的鲜嫩，变着戏法把它们做成各种各样的美食，让春鲜之味发扬光大，让一款款美食随着春天的旋律，在舌尖上翩翩起舞，平凡的幸福精彩可期。

一、立 春

清炒韭菜：韭菜花开心一枝

每年立春伊始，便拉开了二十四节气的序幕，农贸市场上也随之多了些青翠的蔬菜，这其中，享有"春菜第一美食"称号的韭菜最为抢眼，一盘鲜嫩碧绿的韭菜能让餐桌增色不少。据《南齐书·周颙传》记载，文惠太子问颙："菜食何味最胜？"颙曰："春初早韭，秋末晚菘。"可见初春是韭菜味道最佳的时刻。

初春的菜园里，明媚的春光不紧不慢地装扮了韭菜的油亮气质，让休养了一个冬季的韭菜分外俏丽，在柔和阳光下摘拔一根韭菜，温润热烈的辛香

从植物体内散发出来，掩盖了土壤的醇厚地气，即便在旺火的烹制后，它还固执地保持了体内的辛香。

一丛丛韭菜在菜园里舒展肢体，也不知何时，它的绿意变得深沉，白玉似的茎部顶着纤长的尖叶片，很像染坊里刚取出的绿绸条，经历日月光辉的洗礼，它修长的叶脉逐渐变宽。你若拿刀在韭菜叶上麻利地割上一茬，几天后，它就会在自然的养分中修复，还原到之前的精神气质。它似乎在和明亮尖锐的刀子怄气，似乎在说："你割得越多，我长得越快。"

割下来的韭菜拣去少许的枯黄叶，洗净，切成寸段，可直接用少许油清炒。祖母生前，我最喜欢吃她炒的韭菜，祖母告诉我，民间说法叫"韭菜十八铲"，意是春韭细嫩如妙龄少女，不宜过度翻炒，需根据它的脾性猛火快炒。我时常在一旁看着祖母炒韭菜，当韭菜的香气充盈厨房之际，祖母会在锅里撒一小撮细盐，翻炒几下后迅速装盘。祖母炒的韭菜颜色碧绿养眼，清脆中蕴含鲜嫩，有浅淡的辛辣味，但在齿间消磨至尾声，又有回甜缠绵舌尖，仿若暖融融的春风在味蕾荡漾。

遇到家里来了客人，祖母会以韭菜与鸡蛋搭配，炒得黄灿灿的鸡蛋，平铺在绿油油的韭菜上，鸡蛋没有喧宾夺主，韭菜也没有排挤新人，它们一起搭配出柔和明亮的色彩，这色彩似乎又有"黄鹂翠柳"的唐诗意境，在它面前，喝小酒、吃米饭都觉得是舌尖上的幸福。

出于对韭菜的偏爱，更由于韭菜里融入的亲情时光，春日里我还是喜欢在家里炒一盘韭菜，取蚕豆瓣、鸡蛋、肉丝、卜页等搭配，韭菜能把鲜美大度地传递给其他食材。倘若它化作人，定是一位传经授道、不计回报的良师益友。

韭菜在四季里，滋味不尽相同，有人总结是"春香、夏辣、秋苦、冬甜"，它以多样性的滋味流转在四季的舞台上，以韭菜饺子、韭菜盒子、韭菜烧烤等面目流行在南北区域，它的魅力，寻常人士大概很难抵挡。

立春之际来一盘清炒韭菜，不仅可以满足口舌之欲，同时还可提高人体免疫力，春韭的浓郁辛香味由其所含杀菌消炎作用的硫化物所形成，食之有益。所以，从价值来看，韭菜有特别的作用与意义。

红烧河豚：且持卮酒食河豚

对于一位有钱有闲的美食家而言，倘若立春时不吃河豚，一年的饮食生活都不算完美。

河豚有赤鲑、河鲀等别名，尺寸在十来厘米，头大尾细，看上去像个纺锤，河豚体为黄褐色，间有黑色斑点，腹部为白色。特别有趣的是，当它遇到危险时，能吸气使整个身体变成球状，同时皮肤上的小刺竖起，因此它又有"吹肚鱼"之名。

春日鲜活的河豚，普遍以红烧的方式呈现给食客，它们本生长在长江口外的大海里，春江水暖之时会溯江而上，择江中一佳处安养生息，交配产卵，身体日渐肥美，曾有好吃者评价其味为"不食河豚，焉知鱼味，食了河豚百无味"。

河豚味美，却含有剧毒，以致有"拼死吃河豚"一说。历史上很多人以性命为赌，为河豚献身，足见河豚的美味指数。没吃过河豚的作家汪曾祺更是抱憾一生，据说，晚年他对少时在江阴读书，没有吃当地盛产的河豚始终不能释怀。汪曾祺留有遗憾，然而宋代的东坡居士却不同，他不仅美美地吃上了河豚，还留下了佳句，我初听河豚之名，就是因读了他的"蒌蒿满地芦芽短，正是河豚欲上时"的诗句。

以前，长江一带每年春季都会有人因吃河豚送命，所以吃河豚是一种冒险行为。我的一位远方叔爷有过这样的经历，他年轻时在一家小饭店做厨师，有一次，他到市场上买鱼，别人送他两条河豚，他回去后把河豚烧了，自以为处理得很干净，谁知吃后不久就腹痛恶心，上吐下泻，他的父母亲赶紧拖来一辆板车，把他送到镇上的诊所。经过一番紧急救治，医生还真把他从"鬼门关"抢了下来。据说事后他父母把烧河豚用的铁锅都砸了，深埋到地下。

现在吃河豚的安全系数似乎高了些，我大学毕业后，在江阴对岸的靖江一单位实习，某次单位聚餐，服务员端来红烧河豚，还未近身，那浓厚的腥香气就已牵动鼻腔，引导口舌做起了预热。上桌后，我看到白瓷敞口盘中铺着绿滴滴的秧草，上面放着四条巴掌长的河豚，红色的酱汁将它包裹得分外诱人。在大家准备动筷时，胖胖的厨师跑上前来，用筷子夹了块河豚吃了起来，接着，又不慌不忙地掏出一支烟抽了起来，过后，他笑着向大家说道：请慢品，告辞。过后才知，虽说这些河豚为人工培育，但仍含毒素，烹饪起来需十分谨慎，清理出的河豚眼、内脏要分别放于指定容器，河豚体内的血液更要尽数清除。烧好后，厨师要先品尝，品尝后以吸一支烟为时限，若无恙，顾客才可食用。

品尝后，我觉得河豚肉质果真香润，最出彩的是河豚肋，也就是河豚的精囊，吃时蘸些红汤汁，入口宛如含着白玉，嚼开后，犹如脂油一般在嘴中滑爽游动，它还有个香艳的名称叫作"西施乳"。

　　除了河豚肋，河豚肝和河豚皮味道也好，河豚肝色如琥珀，鲜嫩中有韧性，咀嚼至尾声，醇香袭来，似乎要把舌头吞没。至于河豚皮，细软滑韧是它的优点，但美中有不足，布满小颗粒锐刺的鱼皮显得粗糙，在嘴中如细砂纸般在舌头上摩擦。这时，有同事指点，吃鱼皮应避其锋芒，反卷吞食，多吃有养胃之功效。

　　记得那次在离开酒店之前，我还特地到饭店后堂看了下玻璃大缸里的河豚，它们在装有氧气泵的水缸中悠哉悠哉，其中有一条还鼓着圆溜溜的肚皮，像是在水中练着气功。当时我脑中忽然冒出一个很萌的想法，这些从长江搬移到鱼塘居住的憨态鱼儿，想必不会知道它们的祖先在历史上制造了数以万计的命案吧。

　　去年初春同学聚会时，我又和红烧河豚打了个照面，但再吃已无新鲜感，而席间，一位在日本定居的同学却吃了很多。他说，尽管在日本吃过生河豚鱼片、凉拌河豚皮等菜品，但始终觉得这道红烧河豚味道更好。

江刀饺面：银鳞闪闪味鲜美

　　刀鱼是个大家庭，江河湖海都有它的族群，但"江刀"属于其中的贵族——它是江中刀鱼的简写，江南一带有"刀不过清明"之说，指的就是刀鱼。现在市面上，人们可随时见到的是湖刀鱼和海刀鱼，特别流行的还有秋刀鱼——一种日本人喜食的海洋鱼类，多用来烧烤，鱼肉厚实，但腥味重，烤前应腌制为宜。

　　清明前的江刀正处于产卵期，肉质肥美，刺软肉嫩；清明后的刀鱼因其体力损耗大，鱼刺硬化，味道大打折扣。在江刀这种食材的选用上，时令性尤为明显。

　　以前我祖母在世时，每年清明前夕，都

会去菜市场买两三尾刀鱼给我吃。我看过老人家打理刀鱼，看似简单，不用刮鳞，不用剖肚，用一双细细的竹筷插入两边鱼鳃，直至鱼腹，用竹筷旋转几圈搅拉一下，鱼鳃及内脏就顺着竹筷出来了，外表看刀鱼，却是丝毫未损。

刀鱼贵在鲜嫩，但其鲜嫩并非舌触可及，需要耐心和细心，它隐藏在肉质中的细刺会时不时地骚扰口舌，稍不小心，就会卡在喉咙。清人袁枚在《随园食单》里记录了两种避其锋芒的食法，"金陵人畏其多刺，竟油炙极枯，然后煎之……或用快刀将鱼背斜切之，使碎骨尽断，再下锅煎黄，加作料。临食时，竟不知有骨……"这样虽能大快朵颐地品尝刀鱼，但刀鱼的原本鲜味已不复存在。

清蒸是烹饪中的温柔手法，也是处理刀鱼的上上之策，它能收容刀鱼的本味，同时可配笋片、香菇等辅料，以葱段、姜丝解腥，以盐糖等提味，当然最不可缺失的是猪油，浓香的猪油是刀鱼香盈的动力。

去刺的刀鱼肉细腻透明，观之就知远非俗物，将之和猪肉末、韭菜花拌成馅包入饺子皮，煮熟后轻咬一下，带汁的馅料自觉地涌向口中，香得无以言表，首先是韭菜的辛香拉开大幕，猪肉的荤香其次而来，刀鱼的奇香姗姗来迟，让口舌尽情地享受美味的恩赐。

用刀鱼馅做的"煨面"是江沪一带的名吃，刀鱼鱼茸用大骨头汤和鸡汤文火慢炖，用此汤下手工刀面，最后在汤中放一块厚实的水晶肴肉，肉冻融入乳白的汤汁中，香味直入鼻腔，让食者不由大饱口福。颇具神奇色彩的是，有高厨下面时把刀鱼直接钉在木头锅盖上，猛火烧煮、文火细焖后，鱼肉会酥烂地落入锅里，而卡刺鱼骨尽在锅盖。此手法虽只听闻，未曾得见，但刀鱼煨面和刀鱼馄饨我均尝过，两者绝对是面点中的极品。

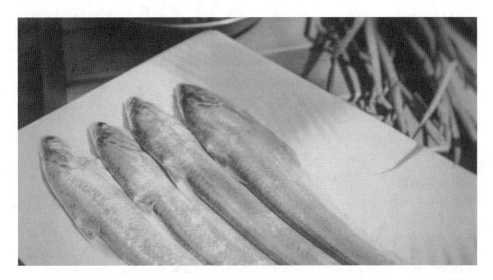

只是上述的刀鱼菜品都是多年前所食，这年头，正宗的江刀日渐稀疏，已经很难吃到了，偶见几尾非法捕捞的，价格动辄要数千元，江刀从百姓菜篮子里的常见物变成濒危物种，值得我们深思和警醒。

二、雨　水

马兰头烧麦：养脾健胃食野菜

立春过，雨水至。雨水如甘露般滋润着万物，平时低调的野菜也趁势登上了春天的舞台，在它们当中，马兰头无疑是一道靓丽的风景。

马兰头，其名似为女子芳名；看其体态，也颇似女性，叶片修长如少女指尖，茎部紫红似胭脂；再观其生长环境，似乎更符合"女人如水"的品性，喜潮湿的它常在水源附近的草丛中闪烁倩影，但要是遇到眼尖的农家小孩，它只得乖乖地臣服，在竹篮里和家园静默告别。

"三月马兰胜似药"，马兰头的益处很早就为人所熟知，清代学者袁枚认为马兰头"油腻后食之，可以醒脾"。乡人往往认为它能"败毒"，多吃对人体有益，但可能是吃者甚多，现在市场上卖的马兰头多为人工种植，其功效有所降低，口感也大打折扣，所以想要吃纯正的马兰头，不如花点时间自己去野外采摘，既省钱又好吃。

收拾干净的马兰头，凉拌是第一选择：开水焯过，切碎，取一两块豆干切小丁加入，加盐、麻油拌匀食用。一些饭店常将其作为招牌冷碟，堆成厚厚的磨盘状，在马兰头四周再点缀几粒虾米，看来悦目，吃来爽口，引得食客竹筷飞舞。有条件的还可以在凉拌马兰头中加入花生碎、春笋末等，让滋味更显特别。

以前我并不爱吃马兰头，感到它有股药味，嚼的时候凉凉的，舌头上像有麻刺的感觉，略带苦涩，习惯后却觉得这是它的美味个性所在。正是这种味道，让很多人把马兰头晒干后保存，这样随时可以过把馋瘾。

就个人喜好而言，我还是更爱食新鲜的马兰头，近年春日里，本地不少饭店都会制作马兰头烧麦：将马兰头剁成细末，放上香油和虾米、咸肉丁一起搅拌为馅，包裹后立即上笼现蒸，吃时无需任何酱料蘸食。揭开笼盖后，野菜之香直窜鼻息，轻咬一口，浓香包围舌尖。此时，马兰头烧麦已在不知不觉中消失，上升到"啖"的高度，与开吃之初的"品"没有丝毫关系了。

与这种速吃速决相匹配的是，做马兰头烧麦也讲究一气呵成，速摘、速包、速蒸。清晨采摘的马兰头，必须快速处理做馅，包好后立马上笼，似乎只有这样，春天的气息才会被封存下来，才不致从口中溜走。

其实最初饭店还有马兰头包子，但后来只做马兰头烧麦了。因为马兰头是一种香气比较浓烈的野菜，包子面皮是发酵面，面皮柔弱，有酵母味，不但不易保存马兰头香气，同时酵母味也会喧宾夺主盖过马兰头的香气，烧麦的面皮没有发酵，面皮硬，麦香味也淡，这样能把马兰头的本味存储，成功地过渡到品食者的舌尖上。

不过吃马兰头烧麦，也就短暂的一段时间，它和大好的春光一样，不可随意辜负。只有静下心来细细品咂，才能从这可口的点心中收获人生的精彩与生活的趣味。

河蚬豆腐汤：河荡白蚬汤似乳

三月春光明媚，到野外踏青，骑行在田边，看着一片片金黄的菜花在田野里摇曳生姿，不由想到了"菜花蚬子清明螺"这句话来。

蚬子有很多种，河蚬在南方水乡是比较常见的贝类，但它的寓意却蕴含贬义，因为它偶尔张开两瓣壳透气，这在家乡被称作"二蚬"，和另一骂人的话"二百五"意思相近。

谁都不想成为"二蚬"，但又几乎没人不吃蚬子，蚬子肉质软嫩，极鲜美，是那种令人回味悠长的淡鲜。

蚬子很像袖珍的蛤蜊，蛤蜊产于大海，我们这边没有，对它的印象来自"歪歪油"—— 一种用蛤蜊壳存放的油膏（有滋润皮肤的效果），用完后很多小孩会把蛤蜊壳合上，把凸出部分磨出两个圆孔，当作乐器吹，可以发出低沉的"嘟嘟"声。

指甲般大小的体积，注定蚬子壳不好做乐器，但铺路倒是可以的，小时候我去乡下玩，看到河畔竟有一条用蚬子壳铺成的小路，白花花一片，赤脚走上去有细细的哗哗声，原来周边有渔民打捞蚬子上来，取肉后把壳子丢弃在河边，日积月累，遂成一景。

集市上卖的蚬子有两种价格：一种是带壳的，一种是经过加工后的蚬子肉。后者付出更多的人力和精力，价格大约要比带壳的高出一半。我母亲总是买带壳的蚬子回家自己处理，她觉得处理蚬子并不费事，蚬子洗干净，放锅里煮，煮开后蚬子壳张开，露出雪白娇嫩的蚬子肉，用手轻轻一剥，肉就脱壳而出。剥完蚬子，手上有黏糊感，还有些腥味，须赶紧洗手。

煮过蚬子的水，可用于烧蚬子汤，汤色浓白，切几块豆腐，放几根小青菜，不论色感还是口感，都是锦上添花。蚬子汤上桌后，要撒些胡椒粉，胡椒粉晕染到汤上，形成淡黄色的表膜，用筷子一搅拌，牛奶般的汤汁迅即成为乳黄色，似乎返璞归真成为牛初乳的质态。蚬子生性大凉，温热的胡椒粉正好与其中和，暖汤暖胃。

吃蚬子豆腐汤配一盘炒韭菜最妙，很多酒店往往最后上这一汤一菜，既可搭配主食，又有解酒的功效。吃时把韭菜挑到汤里，如绿藻荡漾其间，看上去有阳春白雪般的美感。喝上一口汤后，捞上韭菜、蚬子、豆腐，嚼食后再喝，如此来回，美味便达至高潮，喝至尾声，拿筷勺把碗底剩下的食物捞吃完毕，把碗高举，一口喝尽，不剩一滴汤汁。

汪曾祺老先生在散文《花园——茱萸小集二》中谈到儿时在荷花缸的泥里找蚬子、小虾，觉得这些东西随河泥搬了一次家，是非常奇怪有趣的事。这样的蚬子，已不只是美味的代名词，它已随着美好的记忆涌现在汪老的字里行间，散逸着夕阳余晖的温暖。

腌笃鲜：笋味清绝酥不如

雨水时节，吃笋是很多人雷打不动的习惯。其实这一习惯由来已久，曾有人问蔬菜中谁是上品，清代名士李渔把这一票投给了竹笋。对于竹笋怎么烹饪，李渔又概括性地表述为"素宜白水，荤用肥猪"。制法、材料虽然仅有八字，却道出美食之道。与春笋有关的代表性菜肴当属腌笃鲜，"腌"是指饱含陈香的咸肉，"鲜"是指清新脆嫩的竹笋，嵌在中间的"笃"字是象声字，含有烹煮之意。

听到腌笃鲜这个名字，还要感谢我的一位朋友。这位朋友虽不擅长烧菜做饭，但能吃会吃，自称是美食家。他说自己能够从香味中精准地察觉出是什么菜肴。有一次，我去他家做客，还未入楼，就闻到不知从谁家飘来的一股浓烈的香味，像腊肉和素菜搭配的混香，我忍不住咽了咽口水，说："不用猜，这是炒腊肉。"话刚说完，朋友就泼来一盆冷水："大错特错，这道菜叫腌笃鲜。"

从此，我就记住了腌笃鲜这个名字，但第一次吃腌笃鲜是在苏州的一条老街上，顺着那股熟悉的味，我和当地的一位朋友穿梭在一间间青砖细瓦的

老屋间，三五分钟后，我们走进一家小饭店，这家饭店不大，收拾得却很干净，老板前台照应，老板娘后厨掌勺。和我同来的朋友介绍说，腌笃鲜是这家饭店的招牌菜，每天限量供应。

等了近一个小时，一个褐色的紫砂锅端到我们眼前。我揭开紫砂锅盖，看到锅里包含着红白相间的咸肉片、白里透黄的春笋、厚实的五花肉块以及菌菇、豆制品等。初闻腌笃鲜，就像炒肉的味道，仔细闻，会发现这汤混有浓浓的鲜香味。里面的笋特别香脆，而笋尖部分又有鲜嫩的质感，咀嚼时有明显的清脆声，不用说，这一定是春笋。

老板告诉我们，腌笃鲜里的笋一定要选春笋。春笋虽不如冬笋细嫩，但它的纤维素相对丰富，能够较好地吸纳肉类的浓醇甘香，促进其他食材本味的升华。再搭配五花肉块、香菇、木耳、百页结等，就会让汤汁达到鲜嫩爽口的效果。

腌笃鲜在南方是很普遍的菜肴，上海菜、安徽菜、杭州菜里均有它的存在，只是制作手法略有差异。江南地区烹制的腌笃鲜相对细腻，当然这里面包含着更多的情感滋味。我在小店吃的这道菜，就是典型的南方做法，要先加咸肉片，接着加鲜肉块以及其他辅料，小煮慢炖一刻钟左右，再配上春笋、菌菇、百页结。至于火候、调料，就要按照个人口味来掌握了。

大约经过一个小时，砂锅内会发出"笃笃笃"的连贯声，类似马蹄碰击地面的声音，这表明汤已煮沸。老板娘还是镇定地忙着做其他菜肴，她知道，腌笃鲜的汤绝不会漫溢出锅盖，因为锅底是不紧不慢的小火。菜好出锅，老板会马上过去帮忙，两个人话很少，却能明显看出彼此的默契。

老板是位爱说话的人，在与他交谈中，我听到了他们的爱情故事。刚结婚那会儿，小夫妻很穷，为了挣钱，两人摆摊卖小吃，卖的第一道菜就是妻子最拿手的腌笃鲜。日复一日，年复一年，小摊终于变成了店铺。30多年，小夫妻从未吵过架，店铺也在他们的经营下越来越好。

听着他们的故事，再喝喝这汤，突然觉得腌笃鲜不仅有春天的味道，更有爱情的味道。

三、惊 蛰

鸭血粉丝：银丝丛中血豆腐

惊蛰时节，气温回升，雨水增多，应适当吃些滋补养血的食物。民间认为多吃鸭血可补肝，因为肝主藏血、吃鸭血可起到"以血补血"的作用，惊蛰时天气变暖，人的肝火较旺，吃鸭血可以起到护肝的作用。

每逢惊蛰期间，我总要吃上几碗价廉物美的鸭血粉丝，有时就用其代替正餐。吃鸭血粉丝是上大学期间养成的习惯。那时我交过一个女友，身材小巧，长相妩媚，喜食鸭血粉丝，有时一天三顿皆会以此为食。爱屋及乌，我渐渐也喜欢上了鸭血粉丝。

当时花费不多的鸭血粉丝是恋爱的最好美食。我们常去的是一家叫作"凤华"的鸭血粉丝店，老板矮矮胖胖，眉眼间尽是和气。从聊天中得知，老板是南京人，从国营饭店退休多年，因女儿嫁到这里，闲着没事便重操旧业。

此店不大，生意甚好，一到饭点全是人，店里店外人声鼎沸。但老板不会因此慌里慌张，他依然按部就班地忙碌，鸭血粉丝的质量丝毫不会降低，鸭肝、鸭肠、鸭心、鸭肫、油豆腐、榨菜丁等辅料一样也不会少，烫煮的粉丝盛入碗中，加几块鸭血及辅料，舀上香浓的鸭汤，满满一碗，形似塔尖，再撒一撮香菜，热香气便开始自由散漫地在空气中缥缈。

端至眼前的鸭血粉丝，初恋女友总要添上几勺辣油，辣油放在置有小勺的白瓷罐中，随客人任意添加，香味冲鼻，对不爱吃辣的人也是一种诱惑。红澄澄的辣油，里面大有文章，老板说是用鸭油、芝麻、辣椒一起熬制的，那油红亮亮的色感，让红漆斑驳的桌子变得黯淡，辣油滴到鸭血粉丝里，像一轮红日映在水面，很快地又分化成若干个小红日，灿烂夺目，能感觉到它炙热的火辣。

鸭血粉丝的核心是鸭血，它与豆腐的外表相似，有"血豆腐"的称号，但它和豆腐终究不同，鸭血在咀嚼中会有一丝粘牙的感觉，似人世间纠结的情感，当它置身于粉丝的怀抱里，似乎又作了缠绵的解读。

惊蛰吃鸭血粉丝，于我而言，能念及往事，用舌尖向一段深沉的岁月致敬。

酱渍宝塔菜：宛如浮图出馨香

惊蛰节气，郊野的蔬菜纷纷亮出绿色的妆颜。在这些蔬菜当中，多年生宿根植物宝塔菜颇为引人注目。

虽生在野外，但宝塔菜不属于野菜范畴，它有一成不变的固定姿态，但它呈现的面貌却让人联想翩翩，故衍生出草石蚕、地螺蛳的称呼。这两个带

有生命气息的别名在居士信众看来，已脱离了素食的本质意义，远不如宝塔菜叫起来贴切。

第一次吃宝塔菜是在童年，昔日老家附近有家酱园，母亲常让我去打酱油，看管酱园店的是个慈眉善目的老人，打完酱油，他时不时会拿竹夹子夹几个酱渍宝塔菜给我当小零嘴品尝，吃时，虽颇感咸意，但浓郁酱香味下那种直截了当的清爽脆感，却是久难忘怀。对于这寸把长的螺旋形小菜，起初一直不知由何而来，多年后的一个秋季，我在乡下亲戚的指引下，在河边寻觅到它，尖长的叶片，簇拥着枝头上伞状般的数朵紫红色小花，从湿润的泥土里挖出花儿根须，在根部顶端冒着一个洁白色的小宝塔，上面黏附着斑斑泥点，原来宝塔菜一直低调地寄居在自然界。

关于宝塔菜的存在意义，李时珍在《本草纲目》中说"既可为菜为药，又可充果"，这话一下子把宝塔菜举荐到"全能选手"的高度，与之相对应的是，宝塔菜在烹饪领域，依旧能延续它顽强的适应能力，可凉拌、可清炒、可煲汤、可油炸、可蒸煮。或许和童年的美好记忆有关，我一直觉得酱渍宝塔菜最为好吃。

酱渍后的宝塔菜味美，是因为宝塔菜本身具有脆嫩、无纤维的特点。苏中一带有一种知名的酱菜叫什锦菜，就是由宝塔菜、胡萝卜、生姜、莴苣、黄瓜、大头菜等蔬菜酱腌而成，其多样的品种能满足不同人士的口味，当然这么多蔬菜放在一起，还属宝塔菜脆感最足，它不会因外部环境的改变而失去自身的优势。

爱吃宝塔菜者远不止我一人，善写美食随笔的文友阿泰每年春天都会买十多斤鲜宝塔菜腌制，去他家做客，十有八九能尝到这款菜。阿泰腌制的宝塔菜，色泽黑亮，咸甜适度，味纯鲜香。当看到我们一饱口福的惬意神态，阿泰嘴角边不禁泛起笑意，得意扬扬地说道："内中有我独门秘制的稀甜酱，其味焉能不美？"

据说酱渍宝塔菜曾被选为宫廷贡品，皇帝太后喝稀粥时都要用之相佐。但在大众面前，它属于价廉物美的居家小菜，与奢侈浮华毫不沾边。

市井温馨生活，宝塔菜同样会适时点缀，池莉小说《生活秀》中，女主人公来双扬与继母范沪芳"一笑泯恩仇"后的第一顿早餐，就有一碟宝塔菜，有宝塔菜构成的丰盛早餐，不仅温暖了来双扬的身心，也让她体悟到继母的挚爱真情。

酱渍宝塔菜不只局限于早餐，作为中晚餐开胃小菜也可以，而惊蛰时吃可谓正是时候。此时人易犯春困，而宝塔菜有消解疲劳的功效，适量食用可保持精力旺盛。

笋肉包子：油香爽脆味正浓

惊蛰时节，是春笋大量上市的季节，价格也较春初便宜了很多。一些饭店会买上大批的笋子，把部分笋子做成好吃佬青睐的笋肉包子。

上好的笋肉包子选用笋时很有考究，要选在第一声春雷过后开挖的笋，叫作春雷笋，这时候的笋子，脆嫩味佳，正如清代诗人罗聘在《咏笋》诗中写道："初打春雷第一声，满山春笋玉棱棱。买米配煮花猪肉，不问厨娘问老僧。"

笋子在笋肉包子里只是个金牌配角，主角则是新鲜的五花肉，一块红白相宜的五花肉拿到白果木的砧板上，用一把菜刀慢慢地剁，从肉块到肉丁，从肉丁到肉糜，要花费一个小时左右的时间。纯手工的程序让肉糜充满劳作的温情，这与绞肉机加工的肉馅不可相提并论。

肉糜加上去腥提香的葱姜末及笋丁，就组成了荤素皆有的馅料，笋丁质脆、清甜、味鲜，是馅料当中的明星，它的鲜能收住大多数荤物。老道的厨师习惯以笋丁末汤汁来烹制菜肴，往往能拴住食客的胃口。

厨师包笋肉包子时，往往气定神闲，细长的竹刮子刮些许肉馅，包入面皮，也没见手上盘弄几下，一只笋肉包子就完成了。一位做了大半辈子包子的老师傅告诉我，好的笋肉包子不仅外形美观，一笼十只的包子大小都是一致的，即便称重，重量相差也在毫厘之间，包包子时，对包子大小的掌控也有学问，因为在蒸制过程中，包子面皮会膨胀，略微不慎，包子间就会粘连在一起，出笼后夹取时容易扯破，从而影响观感和口感。

肉糜和笋丁相融，容纳在面皮的小居室里，味道深藏闺阁，不为人知。等到置于蒸笼中，用旺火煽情地催蒸片刻，浓烈的香味便出来了。有食客按捺不住馋心，隔着蒸气急吼吼地到笼上夹取一只，张嘴一大口，还没从美食中回过神来，嘴里就被烫破了皮，可见美味对人的诱惑。

品笋肉包子要心平气和，于边侧面皮咬开小口，慢慢吮吸流出来的卤汁，随着卤汁在舌面上流动，味蕾也逐渐兴奋起来，上前再要咬开一口包子，穿透松软带有麦香的面皮，会发现滑嫩的肉糜根本不需要咬合，已软塌塌地自我缴械，当抱着偷懒的心态不想咀嚼时，笋丁从中探出了头，牙齿再次循环运动，嚼上几个来回后，细细品味，剩下的往往是深刻地回味了。

笋肉包子还能"一包两吃"。相传晚清时有一扬州人，家境贫寒，但只要春日笋肉包子上市后，他早上就会赶去茶馆吃包子，中午还吃茼蒿肉圆汤，别人对此很是羡慕，后来茶馆伙计一语道破天机，原来此人早上吃包子只吃面皮，肉馅省着带回家烧菜。这样的精打细算，在生活水平大幅度提高的今天，恐怕无人会这么做了。

四、春　分

萝卜鲞：萝卜羹和野味长

春分之际，天气回暖，饮食以清淡为宜。此时吃点米粥是很好的选择，吃粥时，可以搭配些萝卜鲞一类的小菜。

"鲞"指的是腌制食品，顾名思义，萝卜鲞是由萝卜腌制而成，属于萝卜干品种之一，又称萝卜响。

萝卜鲞看似普通，却见过不少世面，甚至还曾在大师的味蕾上驻足过。相传夏丏尊看望弘一法师时，法师正在用餐，搭配米饭的菜肴就是一碟咸萝卜，夏丏尊不解法师饮食如此粗陋，便问法师何故，由此法师道出了"咸有

咸的味，淡有淡的味"的至理名言。

小圆白萝卜是萝卜鲞的前世，它们在江南的沃土上任由雨水滋养、阳光普照。霜降时节，戴着蓝印花布头巾的阿婆提着竹篮走进菜园，沾染露水的布鞋周围铺满绿意盎然的萝卜缨，小圆白萝卜躲在叶下，悄悄打量着陌生的世界。阿婆俯身拔起乒乓球大小的白萝卜，抹去土渍，圆溜溜的萝卜拖着长长的尾巴，白亮的身上长有浅浅的皱纹。凑满一竹篮萝卜回到家，阿婆忙着腌制萝卜鲞的同时，不忘挑拣两个给旁边玩耍的小伢子解馋。新鲜的萝卜甜津津，脆生生，丰盈的汁水里尽管微含辣意，但沉浸在快乐中的小伢子并不在意。

曾几何时，腌制萝卜鲞是衡量一个媳妇贤惠与否的重要标尺之一。昔年少女待字闺中时，就已学会了腌制萝卜鲞：小圆白萝卜清水濯洗，切去叶根，晾干后加盐拌匀码到坛内搁上两天；接着放室外继续晾晒，吸足日光的萝卜身形缩减了很多；这时再用盐把萝卜揉搓至柔软，放坛中加五香粉等调料，摆放一月。腌制好的萝卜鲞开坛即食，且经久耐存。用萝卜鲞做菜味道也不错，菜籽油下锅，萝卜鲞切丁和少许肉末猛火翻炒，放酱油和白糖少许，爆香后撒上青红椒丝。盛入白亮的金边瓷碟，色彩缤纷，肉蔬香醇，趁热用窝窝头或白馍包卷食用，南菜北吃，风味独特。

萝卜鲞配米粥一度是贫困生活的代名词，那时不富足的家庭不仅春分吃萝卜鲞，一年四季都吃萝卜鲞。据说有一爱面子的人在吃完萝卜鲞和米粥后，会以一块肉皮抹嘴，以让他人感觉到其伙食很好。如今吃萝卜鲞已不再是丢面子的事情，而是人们合理膳食中不可缺少的佐餐小菜。萝卜鲞咸鲜中透着酸甜，有助于消化和清理肠道，再辅以合理的运动，对健康更有益。

莴苣炒肉片: 莴苣独牛耳

春分之际，万物复苏，吃莴苣是很多百姓的选择。莴苣是一种美味健康的蔬菜，故乡通常把莴苣叫作莴笋，这是因为莴苣外形有点类似竹笋，两者茎部都有一圈圈的旋纹。桃红柳绿的春天，是莴苣上市的时节。清晨，乡人们从菜园里拔出莴苣，抖去上面的泥土，放到铺有干稻草的三轮车上，踏车到集市上卖。停下车刚吆喝几声，主妇的目光随即被叶尖修长、清白可人的莴苣吸引过来，拿起来一瞅，那鲜嫩的莴苣叶子还带着少许晶莹的露珠呢。无需多言，挑选一两根，削去莴苣的外皮，将隐露着丝丝植物纤维的莴苣烹制入菜，那色泽碧绿的莴苣立马为餐桌增色不少。

莴苣是蔬菜里的高士，它与生俱来有一股淡淡的清苦味，若处理不当，清苦味会挥之不去，继而影响食客的味蕾。倘若遇到烹饪好手调配得当，莴苣才会展现出最佳味道。凉拌莴苣是简单快捷的做法。莴苣切丝撒少许盐，挤去青涩水，撒上些炸好的花生米和切丁的茶干，搁点酱油、芝麻油、辣油，无需鸡精吊鲜，鲜香脆爽自然而来。夹一片送到嘴里，嚼得清脆作响，似乎在品尝春天的芬芳。

但我最心仪的还是莴苣炒肉片，在锅中倒适量菜籽油烧热，等油香味溢出后，放姜葱将肉片爆熟，接着加入切好的莴苣片速炒。随着锅内冒起的阵阵香气，莴苣在菜铲的翻动下，把肉片的浓香和油亮吸附其身。莴苣的清脆口感绝不亚于脆滑的荸荠，以这道菜配上二两白酒悠然细饮，寻常的生活无由多了几分闲适和温暖。

莴苣炒肉片，在淮扬菜当中有个雅称叫作炒精片，这是因为其选用的猪肉是偏瘦的精肉片，而莴苣的选择也有讲究，不能是过粗、肉质太老的莴苣，一定要是粗细均匀的莴苣。这道菜炒后要立即食用，如果搁置冷了再热时，莴苣就会失去脆感，肉片也会发柴，口感大打折扣。从营养学角度考量，吃炒精片也有利健康，莴苣富含钾离子，与蕴含维生素的肉类结合，具有一定的食疗保健作用。

在敏锐的诗人眼中，莴苣被寄予了深情的寓意。诗人戴望舒在诗作《小病》中提到，"小病的人嘴里感到了莴苣的嫩脆，遂有了家乡小园的神往。"诗人为杭州人，浙系菜中也有莴苣炒肉片，我想诗人很可能也爱吃这道春季时令菜吧！

臭鳜鱼：桃花流水鳜鱼肥

鳜鱼是春季美食的代表，它和春天盛开的牡丹一样，皆是富贵的象征，故两者历来颇受追捧，但牡丹食用性不及鳜鱼，我偶尔吃到牡丹花作为配料的茶食，心里总有"牛嚼牡丹"的怪感，雅物还是用来欣赏为宜。

鳜鱼就不一样了，它数"小雅大俗"之物，它在祥瑞纹饰中露脸不多，却大量出现在画家的作品里。故宫藏有一幅明末画家朱耷所绘《有余图》，画心是一条硕大的鳜鱼，无同伴相随，无水草搭配，其形体似刀，棱角尖锐，冷眼观世，物象寓意与画风内涵截然不同。

朱耷的鳜鱼画以纯水墨表现，着重渲染了这种肉食性鱼类的凶猛本性，所谓"有余"，有的只是愠怒之气。它的另一个名字叫"鳟花鱼"，"鳟"由同音生僻字"罽"（jì）而来，"罽"指的是皮毛织品，此处指鳜鱼与生俱来的棕黄色斑点，类似人为加工织品的纹饰。

鳜鱼肉层厚实，肉质软滑，无太多小刺，红烧、清蒸、油炸、氽汤都是好吃法。重在半斤左右的鳜鱼腥味较淡，肉较细嫩。小时候，母亲常做糖醋鳜鱼给我吃：选两三条鲜活野生小鳜鱼，宰杀后在鱼身上下斜划刀纹，上锅配葱姜油煎，接着放入酱油烧煮，起锅前倒上白糖、香醋调配好的调料汁即可。盛在盘中的鳜鱼呈酱红色，凝固在黏稠的汤汁里，散漫地挥洒着醋香味。夹一块鱼肉在汤汁里浸润片刻，送到口中，放置舌面上，能感受到它的纤弱柔软，慢嚼时，糖醋从清新爽口的鱼肉里一丝丝渲染开来，颇有在味觉上锦上添花的意味。

在我所吃的鳜鱼菜中，印象最深的还有臭鳜鱼——这是徽菜中的一道名菜，流传已久，经久不衰，在徽州甚至形成了"鱼不臭不吃"的风俗。据说这道菜的由来颇具传奇色彩。某年夏，一商人买了一批水产，雇了一个挑夫挑到市场上出售，水产大多数都卖掉了，就剩下几条鳜鱼，精明的商人便将不新鲜的鳜鱼抵给挑夫作为工钱。挑夫把鱼带回去，看着鱼儿散发的气味，准备扔掉，他那贤惠的妻子却舍不得扔掉，腌制鳜鱼后再烹制，烧后品尝，味美异常。后来夫妻两人开了小饭店，以臭鳜鱼作为招牌菜，从此，这道菜的名声一炮打响。

臭鳜鱼我吃过多次，但觉得友人老马烧制的臭鳜鱼味道最好。老马为皖人，厨师出身，在我们这里经营饭店二十多年，事业颇为兴隆。某次春日，他获得数条野生鳜鱼，邀请我们前去品尝。席间他亲自下厨，做了一道拿手的安徽臭鳜鱼。取自运河的鳜鱼，重七八百克，先前以粗盐腌渍多日，配笋片、青豆、火腿丁烧制，闻臭食香，口味惊艳。鳜鱼本质不被异香所掩，其内质是淳朴的，带有些许湿润的水鲜气，带有波光粼粼的亮泽感，原生的味道和后天的调味既泾渭分明，又相互融合，品吃之时，心起涟漪，不知为何竟浮想联翩。

五、清 明

虾仁蒸饺：吃虾赛过肉渣渣

清明吃虾，是很多地方的习惯，俗话有"清明吃虾，赛过肉渣渣"一说。虾仁蒸饺是一种将河虾和面点相结合的经典美食。

虾仁蒸饺形体美观，出笼后呈现出饱满鼓胀的月牙形，上面均匀分布着几个整齐的褶子，很像充满美感的微型雕塑。蒸饺不像其他点心那般沉不住气，一出蒸笼就"呼呼"地吐着热气，自始至终，它们都不声不响地卧在蒸笼里，等待人们的味蕾检阅。

不过，你可千万不能小瞧虾仁蒸饺这般沉静姿态，在它薄薄的面皮之中

却裹藏了一颗热烈而又奔放的内心。汪曾祺曾在小说《如意楼和得意楼》里介绍了怎样吃蒸饺,"皮里一包汤汁。吃蒸饺须先咬破一小口,将汤汁吸去。吸时要小心,否则烫嘴。"这让人欢喜让人忧的汤汁出自经蒸汽而透烂的猪皮冻,虾仁蒸饺馅料虽以虾仁为主,但要是缺少了猪皮冻融化开的鲜汤,就缺少了一份鲜香。

虾仁蒸饺选用的虾仁是从河中刚捕捞上的青虾。青虾通体晶莹透明,肢爪强健,蹦跳起来足有四五厘米高,鲜虾要先用特殊的方式养上一两天,排除它背部黑肠线内的杂质,然后剪去头尾,趁着青虾还在蹦跶的时候,迅速剔取中段虾仁和皮肉冻一起加到蒸饺的肉馅中,再包入一片片雪白的面皮内,就可以上蒸笼了。

吃虾仁蒸饺,需要提前订做,出笼后十分钟内要是不吃,那荤腥气就会严重影响口感。吃虾仁蒸饺往往还要佐醋食用,夹一只蒸饺到碟子里,食客要低下头,微微向前保持谦卑姿态,用筷子把蒸饺提起,从"月牙"的顶端用嘴咬一个小眼,拿着醋壶将醋慢慢地浇到蒸饺内,醋汁和肉汁融汇在一起,不但分散了虾仁的腥气,还化解了肉糜的油腻,吹几口热气,凑上去慢慢吸着汤汁,带有淡淡酸香味的汤汁从喉咙滑过,舒坦充斥周身,暖意盈怀。接着再吃体形消瘦的蒸饺,面皮内的肉馅看似完整,但一碰舌尖就弱不禁风地软化开来，白亮的虾仁紧跟着闪现出场，在牙齿这道关卡面前，它的滑嫩指数和面皮的弹性力度互成正比，让你惊叹它的美味。

孩子们对虾仁蒸饺没有具体的体验，顽皮的他们吸完蒸饺的汤汁后，会边吃边数肉馅里面有几个虾仁，相互间还要进行比较。然而做蒸饺的白案师傅在包蒸饺时并不刻意控制虾仁数量，一个蒸饺里少说也有两个虾仁。通常吃到蒸饺馅料里虾仁最多的孩子，总能引起其他孩子的羡慕。

蒸饺与虾仁的牵手，是肉糜和水鲜的成功结合，更让清明时节多了几分生动之色。

炒螺蛳：清明螺，赛肥鹅

春日的暖阳，温暖而惬意，滋润着万物生长，在水中蛰伏许久的螺蛳也趁时变得丰腴起来，它们和肥美的鳜鱼一样，是家乡人清明前后经常品尝的美味佳肴。

螺蛳是家乡最常见的水产，它们背负着青色或白色的圆锥形外壳，懒洋洋地匍匐在河边的驳岸上，依赖水中的浮游生物和水藻维持生计。螺蛳的个头比田螺小很多，但它的肉质却比田螺细腻、鲜嫩。汪曾祺在散文《故乡的食物》就提到："用五香煮熟螺蛳，分给孩子，一人半碗，由他们自己用竹签挑着吃。"在汪老的笔下，螺蛳还成了水乡孩子用于解馋的小零食。

采集螺蛳远没有捕鱼那么费事，童年时，我和小伙伴们最喜欢"摸螺蛳"：挽起裤腿，卷起袖口，顺着河滩慢慢前行，两手贴着驳岸由下往上捋，爬在驳岸石墙上的螺蛳就顺势掉到手中，仔细观察，有的螺蛳壳表面还长着毛茸茸的绿藻。等到手上凑满一捧螺蛳后，我们就往岸上的搪瓷脸盆里一扔，随着一阵阵"砰砰"声，脸盆里的螺蛳逐渐多了起来。渔人采集螺蛳的方法则较为专业，他们通常划着小船来到河中央，紧握住一头绑有铁丝篮子的尼龙绳，将篮子朝空中奋力一甩，绳索连同篮子划出一条完美的抛物线，"扑通"一声，篮子沉到河底，再次提上来时，里面已多了些螺蛳、蚬子、水草、河泥、碎瓦之类的东西，有时还能看到活蹦乱跳的小鱼，遇到这样的情况，淳朴的渔人总把小鱼重新放回河中。

食用螺蛳前，先得在养有螺蛳的水盆里滴几滴芝麻香油，一天下来，螺蛳就会吐出腹中的泥沙，再用适当的盐水把螺蛳搓洗干净就可以烹制了。螺蛳一般是炒着吃，剪去螺蛳的尾壳，在油锅中放生姜、葱爆香，接着投入螺蛳及花椒、大料、茴香、桂皮、丁香翻炒。炒螺蛳时的动静很大，锅铲和螺蛳壳碰撞后会发出"乒乒乓乓"的声响，和大雨珠落在屋瓦上的声音很是相仿。翻炒一阵后，加上少许水及酱油、糖、料酒、辣椒面等调料，盖上锅盖焖烧。这样烧出的五香螺蛳没有任何水腥气，带着一股鲜甜味儿。这时，捏一个螺蛳放到嘴边嗍，爽嫩的螺蛳肉随同螺壳里的汤汁顺势滑入嘴里，韧劲里透着绵软，越嚼越香，即便咽下之后，那鲜香依然在口中久久荡漾。

国人食用螺蛳历史悠久，其实这不仅因为螺蛳的味美，更主要的是螺蛳有较高的食疗价值。明代医学家倪朱漠在《本草汇言》中认为螺蛳具有"解酒热，消黄疸，清火眼，利大小肠"的功效。如今随着旅游业的发展，螺蛳已成为故乡人对外交往的一张餐饮名片，遇到外乡来客不会嗍螺蛳的，乡人会在炒螺蛳上桌后，备上牙签或绣花针，其细致周到的服务受到愈来愈多宾客的欢迎。

青团：寒食青团店

"清明时节雨纷纷，路上行人欲断魂"。多雨的清明有时会让人烦恼，但清明期间也并非一无是处，比如雨停后，漫山遍野如绿玉的艾草，在清澈明朗的天空的烘托下，总会让人眼前一亮。

艾草为多年生草本植物，广阔的大地上处处可见它的身影，一簇簇，一丛丛，在春风中自由吟唱。艾草的生命力特别顽强，割去一茬后，不出一天，很快又长出一茬。它看上去其貌不扬，绿中泛着灰，叶背上有一层细细的青色绒毛，好像新生鸟儿的细毛，谁看到后，都会忍不住上去摸上两下。

别看"艾"字笔画简单，它在国人的生活中却用途广泛，端午时，很多地方都会把艾草挂在家门口辟邪，或用艾草洗澡，有消毒止痒的效果。以艾草所制的食品青团更是清明的象征。清代《清嘉录》曾记载："市上卖青团熟藕，为祀先之品，皆可冷食。"

传说青团的流行和春秋时晋国人介子推有关。介子推与晋文公重耳早年一起流亡。重耳复国后，介子推谢绝功名利禄，与母隐居山中。重耳为使之就范，放火烧山，以致介子推与母亲被烧死。重耳懊悔万分，下令在介子推烧死之日禁火寒食，青团便作为寒食之一的食物流传下来。

制作青团时，要先把艾草洗净，切碎，用纱布滤出青绿的汁水，做青团的姑姑婶婶们闻着浓郁草本香味的青汁，心情变得好起来，哼着小曲，把青汁掺入糯米粉内，原先松散的糯米粉抱成一团，再把变身后的糯米团分为一块块，捏成团，包上豆沙或芝麻糖馅，随后在锅里注入少许清水，在锅边抹上猪油，把青团一溜边地贴上去，盖上锅盖，烧上柴火，明艳的火焰不安分

地窜动着，青团的清香攀附着热蒸汽从锅里溢出，持久地在屋内飘晃，为美食登场烘托热烈的氛围。

蒸好的青团绿得鲜亮，香得诱人，它如春天的绿色使者，让人们能够近距离地倾听春天的声音。拿起一只，反复吹去热气，轻轻咬上一口，能感觉到绵软的质感占据主流，虽软却不腻人，一点也不纠缠牙齿，咬上两口，团馅缓慢地溜到舌片，味觉上有一丝香甜，让人回味无穷。

吃剩的青团，把它们一个个搁到圆竹匾里，由于青团特有的艾草味，蝇蚊极少光顾，在清风的抚摸下，青团的热气逐渐散去。扫墓时带上几只，供在逝者的坟墓前，孝心尽在不言中。青团还可以作为干粮食用，我的一位外地亲戚，当时就是带着青团到县城参加高考的。如今事业有成的他还是爱吃青团，大概是那幼儿拳头般大小的青团，蕴含着他人生过往的珍贵点滴吧。

六、谷 雨

香椿粥：溪童相对采椿芽

谷雨是春季最后一个节气，是翻地播种、种瓜点豆的最佳时期。劳作一天的人们回到家后，看到餐桌上的一碟香椿，不由食欲大增，就着香椿扒拉上两碗饭，睡上一觉，第二天就恢复了力气。

香椿又名"香玲子"，是一种药食同源的传统佳蔬，有"树上蔬菜"之称。春日里，漫步于江南人家的院前屋后、田边地角，总能见到香椿树的身影，一棵棵挺拔的香椿树，扎根于肥沃的土地，舒展着枝头上紫赤色的芽叶。

早晨，调皮的孩子不约而同地来到香椿树前，他们歪着头打量着树上的香椿叶围成一圈，商量好后，力气大的孩子便撸起袖子，脱下布鞋，抱着树干，嗖嗖地爬上了树，把摘好的香椿嫩叶不断地往下扔，树下的孩子在欢笑声中捡拾着地上的香椿。无须多时，孩子们手中都多了一把香椿。

孩子们乐滋滋地回到家，拿着香椿给大人看。大人虽不免嗔怪孩子顽皮，但最终还是愉悦地用香椿入菜。香椿对搭配对象和烹饪手法并无太多挑剔，炒肉丝、煎鸡蛋、煲木耳汤都是不错的选择。常见的吃法是香椿拌豆腐，香椿用开水烫过后，切碎与豆腐同拌，滴适量芝麻香油即可。就着米饭，细细品味，香椿的独特香气掺杂着浓郁的豆香，漫溢在唇齿间。

香椿时令性很强，过了谷雨之后，香椿逐渐变得成熟起来，它们悄悄地给紫赤色的叶衣罩上了一层绿色的外套，淡然地迎接着晚春的余晖。此时的香椿梗枝粗硬，香气大减，口感变柴，食之如同嚼蜡。勤劳的主妇带着家人已采集下一些香椿，她们自有妙招对付这些渐老的椿叶，洗净香椿，撒上盐腌制，挤干水分后的香椿口感好了很多，除了可以包春卷、下面条之外，还可以将香椿熬粥。

首先准备上好的粳米，投入紫砂锅中煮成黏稠的粥，接着放进腌制好的香椿，用小火慢炖。煮粥的同时，到屋檐下拿一块年前腌制的五花腊肉，切成肉丁，下锅煸炒，待腊肉香味飘出，腊肉丁变成金黄色时盛出。等粥煮沸后，撒上腊肉丁，用粥勺均匀地搅拌。最后加点食盐、麻油、味精、胡椒粉就可出锅了。此刻，稻米的气息中包裹着香椿的浓香与腌肉的腊香，香气随着氤氲的水气肆无忌惮地散溢开来，不觉让人垂涎三尺。

记得年少时，我在春季常能吃到母亲熬的香椿粥，吃时配上点萝卜干、雪里蕻之类的小菜，总觉得那是天下最香的粥。现在生活条件好了，我先后吃过海鲜粥、膏蟹粥、燕窝粥等高档粥品，但和母亲的香椿粥相比，始终感觉这些粥好像是缺少了些什么味道。

骨子里对香椿粥的念念不忘，或许更多的是源于对母亲的深深眷念，让我不管多忙，都会在春季回家乡品尝母亲熬的香椿粥，喝一口热气腾腾的香椿粥，总不由回味起时光深处母亲居家操劳的场景。香椿粥里包含的温馨亲情，给予了我温暖和力量，引导我在人生的道路上前行！

翡翠烧麦：翠绿如玉列满盘

谷雨有"雨生百谷"之意，野外的荠菜经过春雨的润泽，变得楚楚动人。荠菜含有丰富的膳食纤维，具有健胃消食、明目降压等功效。有一种翡翠烧

麦就是以荠菜为馅心制成的。蒸熟后的翡翠烧麦张着蓬松的小花，透过晶莹的面皮，绿莹莹的荠菜馅若隐若现，让人大饱眼福。

烧麦又有"烧卖、稍麦、稍美、烧梅"等别称，南方一般以糯米馅烧麦最为常见，刚出笼的糯米烧麦腆着油亮的大肚子，惬意地躺在蒸笼当中，十来只环绕排列，隔开氤氲的热气，能看到烧麦顶部的褶子组成的花蕾中一粒粒琥珀色的糯米，那样子极像熟透了的石榴咧开嘴在开怀大笑，因此，糯米烧麦在家乡还有个讨喜的名字——"开口笑"。

与糯米烧麦相比，翡翠烧麦是家乡人在饮食中植入艺术符号的经典范例，小说《如意楼和得意楼》中提到"翡翠烧麦"是以青菜煮至稀烂加猪油、白糖等制成。其实，在翡翠烧麦馅料的选择上，除了青菜，荠菜是不错的选择，荠菜没有腥苦味，有一种淡淡的香味，其与生俱来的鲜味更是出众，而且能把这优势过渡给搭配的食材。

荠菜性味甘平，具有清热解毒、凉血止血的作用，它很早就被人们采摘食用了，"谁谓荼苦，其甘如荠"的诗句足以说明芥菜的美味程度。春日里，时常见到三三两两的人挎着篮子，拿着铲子，在野外挖荠菜。荠菜要趁早挖，它一经风霜，就会变得枯黄而不能食用。

　　诸多野菜当中，荠菜的口感上好，挖来的荠菜，可以作为各种面点的馅料，而早茶馆里制作的荠菜馅翡翠烧麦，以水蒸的方式催熟，最大限度地保留了荠菜的原始鲜味。

　　在烧麦的荠菜馅里，还可以撒一些蘑菇末，使鲜味强强联手，等待荠菜烧麦出笼之后，透过顶端的花口，会发现内中的馅料如翡翠般青绿可人，上面点缀的蘑菇末如星星般镶嵌其中，十分美观。放烧麦在碟中，用筷子轻轻捅一下薄薄的烧麦皮，绿色的"熔浆"就缓慢流淌出来，吮吸一口，油香不腻，食欲立马被调动起来。不过这种烧麦得趁热吃，倘若搁置冷了，馅料中的猪油随同菜末会凝固如霜，食用时就会略感腥膻。

　　"三月三，荠菜似灵丹"，荠菜不仅蕴含丰富的蛋白质和钙，而且还包含多种微量元素，荠菜馅的翡翠烧麦不仅味美，还有一定的保健作用。它是家乡人在谷雨前后经常品尝的食物。到小茶馆里点几只翡翠烧麦，再喝两杯清茶，便是最好的享受。

双麻酥饼：芝麻相缀节节高

　　谷雨宣告着雨季的开始，越来越多的雨水天气迫使人们对饮食做出调整。

此时，人们可以适当地多食用一些芝麻做的食品来补充营养。倘若邀上三五好友，吃几块用黑白芝麻制成的双麻酥饼，一边闲聊，一边隔窗听雨，也是人生一大乐事。

普通的麻饼，配料取材于白芝麻，想吃就可以买到，但是，要想吃双麻酥饼，就需提前定制了。我认识做双麻酥饼的全师傅，他原来是功德林素菜馆的白案师傅，菜馆改制后，他摆摊制售麻饼和双麻酥饼，生意一直很好，忙时食客要排队等候。和全师傅的闲聊中我得知，他靠这手艺供儿子上完了大学。

制作双麻酥饼，耗时耗料，它属于麻饼的尊贵版，其一面为白芝麻，一面为黑芝麻，泛着油光，无论正看反看，都像一枚枚硕大的围棋棋子。

双麻酥饼分咸甜两味，有葱油、肉松、青菜、椒盐、豆沙、枣泥、芝麻糖等多种口味，它的面层里含"酥"——以素油和面粉调配成的黄面，随后高温热促，会把馅心依附到"酥"上面，又慢慢地渗透到外层的面皮上，但总体保持着若即若离的关系，咬开后，便可以看到这种层次感。

包好的酥饼粘上黑白芝麻，上锅以小火油煎，煎的过程中，要适时调整方向。由于选用的芝麻都经过脱壳处理，所以从烤锅上把双麻酥饼铲起时，它会散发复合芝麻香的味道。用一张草纸包起双麻酥饼，热香气不断倾吐，让隔着薄纸的油脂蹭在了手上，此时处于开吃状态的食客，手上尽是油渍、酥皮和芝麻，一幅意犹未尽、大饱口福的画面跃然出现在眼前。

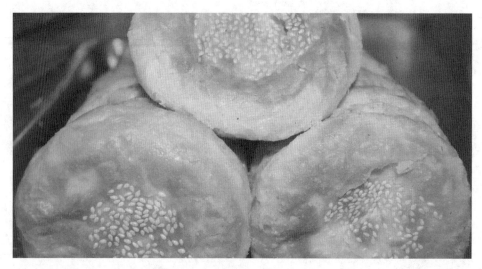

擅吃者注意细节，食用双麻酥饼需两手协作，右手执饼，左手放在下方，咬着咬着，酥皮和芝麻便纷纷脱离饼体，不停地往下落，所以无论从珍惜粮食，还是不辜负美味的角度上，都该用手托着，在咬到尾声后，把左手掌上聚集的酥皮和芝麻放在嘴边，倒入口中，吃后还心有不甘地再闻闻手掌。

双麻酥饼外表"芝麻"张扬，内里"酥"得含蓄，两种质态是内外兼修的性格，若有一壶茶相佐，饱满的生命又好像增添了淡泊的雅韵，这注定了饮食滋味与人生滋味，大抵是相同的。

第二辑
夏

　　烈日炎炎的夏日，如热情奔放的桑巴舞，把热情洋溢在天地间。阵阵袭来的滚滚热浪也阻挡不了人们对美食的向往。夏令节气清淡适口的饮食，掩饰了天气的炙热，也给人生增添了一抹动人的色彩。

七、立　夏

素烧蚕豆：且将蚕豆伴青梅

立夏，标志着夏天的到来，立夏时节，一些作物到了采收期，所以各地都有尝鲜的习俗。立夏具有代表性的鲜物当属蚕豆，每每这时，小镇上都会多些挑着担子、踏着三轮车卖蚕豆的农人，他们在集市上寻觅一块空地，拉开罩在蚕豆上的塑料薄膜叫卖起来。饱满的蚕豆藏在鼓胀的豆荚中，支撑起绿色的喜悦，牵引着过往的居民停下脚步，称上几斤回去尝鲜。

蚕豆初名胡豆，由汉代张骞出使西域时引入中原。后来它又有了"夏豆、佛豆、马齿豆、仙豆、川豆、倭豆、罗汉豆"等别称，蚕豆之名与其豆荚之

形有关，明代医学家李时珍在《本草纲目》中解释道："胡豆，豆英状如老蚕，故名。"而之前元代王祯在《农书》中给出的解释是："谓豆于蚕财成熟，其义亦通。"

小时候，我曾随母亲到菜田采摘蚕豆荚，成排成列的蚕豆秧分布在田埂上，摇摆着长圆形的叶片，在微风中荡漾。我学着母亲的样子，挽起袖子，轻轻抓住蚕豆秧，顺手一拉就掰下豆荚。回家后，母亲剥蚕豆，我却调皮地拿两颗绿宝石似的蚕豆，找几根火柴棒插在上面做小人玩。或者趁母亲不注意，拿一把剥好的蚕豆，用棉线穿作一串，朝脖子上一挂，扮成沙和尚和小伙伴玩耍，玩累了，就会咬几颗蚕豆，那味道很涩，我们嚼上两口，便吞食而下。

蚕豆烹制有多种选择，江淮一些酒店喜欢做"油焖蚕豆"，但由于蚕豆的原味被厚重的油脂所掩盖，所以我并不喜欢。就个人口味而言，我还是喜欢母亲的素烧蚕豆。常见的是雪菜烧蚕豆，这是一道经典土菜，母亲把雪菜和蚕豆翻炒片刻后，会撒上一把切断的小茴香，蚕豆在茴香草本香味的映衬下，浓浓的豆香味直扑鼻间，我喜欢直接用勺子舀着吃，吃时蚕豆皮都舍不得吐，当然也不用吐，因为蚕豆的确太嫩了，几乎无需牙齿的过多劳动，这道菜搭配籼子粥相当清爽。

　　若有亲友到来，母亲还要烹制蒜薹（tái）烧蚕豆，入锅炒后焖烧即成，仅需盐水作为辅料。这道菜往往作为"压轴菜"上桌——它能消除鱼肉的油腻。烧制过程中，娇嫩的蚕豆裂开了皮，粉状的豆末依附到青绿的蒜薹上。夹几筷子蒜薹、用勺子舀几粒蚕豆到口中，时蔬的清香与脑海中浮现的田园美景交织在一起，让人久久回味。

　　蚕豆已成为人们生活中的重要食材，宋代诗人舒岳祥《小酌送春》诗中有"莫道莺花抛白发，且将蚕豆伴青梅"的诗句，可见当时是以品尝蚕豆和青梅的方式来送别春季、迎接夏日的。那时所食的蚕豆，大概也是一道素烧蚕豆吧。

咸鸭蛋：色白细腻油润出

　　"立夏吃一蛋，力气长一万"，立夏有吃蛋的习俗，至于吃什么蛋，我觉得要吃咸鸭蛋。咸鸭蛋是入夏饮食的化身，在燥热天气来临时，它是可以带来一丝凉意的。冷热适中的白米粥，煮熟凉透的咸鸭蛋，放在一起吃，顿觉舒适清爽。

　　早年老家门口住着一位以拉煤为职业的王伯，夏日的傍晚，我去他家

玩，总能看到他在喝酒，下酒菜里十有八九有咸鸭蛋，蛋被切成四瓣，凌乱地搁在青釉碟中，如小舟停泊于清冽的湖面上，似乎有"野渡无人舟自横"的诗意，"小舟"数量随着王伯酒兴至浓而逐渐减少，到最后，只剩下瓷碟釉面上晃动着王伯满意的表情，那表情，模糊却真切，我至今久久不能忘怀。

咸鸭蛋能佐粥下酒，更是作家笔下的素材，汪曾祺描述吃咸鸭蛋："一般都是敲破'空头'用筷子挖着吃。""空头"是没有鸭蛋内顶的空心部分，但只要蛋的质量好，并在清明节前腌制，鸭蛋就很少会有"空头"。

鸭蛋有青白两色，青色为上品，吃螺蛳、昆虫、小鱼等野食的散养鸭能产青色的蛋，青壳蛋柔和澄净，其色彩被称作"鸭蛋青色"。天刚放亮后的水乡，饲养在水畔的鸭子钻入芦苇荡中，伏地撅臀，不久便能产下带着余温的青色蛋。

农人捡拾后的鸭蛋，凑到一定数量后，常由家中的女眷拿到街上出售，她们扎着蓝印花布的头巾，提着一只装满鸭蛋的挎篮，上面盖着一条洁净的毛巾，在城镇的街巷穿梭，每走上十来步，就大方地叫卖："新鲜的鸭蛋噢——"，那声音清脆响亮，富有磁性，带着旋音，吸引着居民前来购买，也不用多久，她们的挎篮重量轻了很多，而裤兜里却多了一叠红红绿绿的钞票，这些钱是给男人买一瓶老酒, 还是留着给伢子交学费, 她们心里自有盘算。

腌制咸鸭蛋, 可用盐水浸泡的方式进行, 以黄泥中和盐水包裹蛋壳腌制更易出油, 煮后敲开蛋壳, 蛋黄油汁从柔嫩细腻的蛋白里流溢出来, 沾染到蛋壳上, 等不及的孩子会凑上前去, 舔去蛋壳上的油汁——咸蛋油汁并不咸, 却有一股清香, 让人难以抵挡。继而把咸蛋剖成两半, 蛋黄里面还留有浅浅的一汪油, 用筷子轻微地挑一下, 油汁顺着筷子不断地往下滴, 筷子头被抹得晶亮, 吃在嘴里能感到细密的沙感, 比熟透的西瓜瓜瓤硬, 又比河鱼的鱼子软。还有比这更好的腌蛋, 据说旧时经营盐栈的商人专挑双黄鸭蛋, 用经年老盐卤腌制, 口感更好。

不过, 盐商定制版的咸鸭蛋已几乎成为传奇, 但这样的传奇却赋予咸鸭蛋更为深沉的滋味, 而且, 咸鸭蛋的滋味是可以过渡到其他食材上的。炎热时, 我喜欢将咸鸭蛋做两道食物, 蛋黄、蛋白分别切成小丁, 蛋黄丁搭配剁得细细的菜心, 待米粥煮沸后放入, 烫滚后即可出锅, 盛在碗里的米粥上漂浮着繁多的油星, 蛋黄红亮, 菜心青翠, 养眼之余, 袅袅热香更是挑衅味蕾。而蛋白丁也有妙用, 和两块烫洗后的嫩豆腐一起凉拌, 放上蒜泥香油, 洁白可人, 清淡素雅。这样的一粥一菜, 做起来简单方便, 能让人咀嚼出粥菜的源头香味。

凉拌苦瓜：岂效荔枝锦

夏初的季节，气温渐高，日光渐燥，降温降燥成了人们饮食中首先要考虑的问题。很多人选择食用苦味食品，这类食品有消暑清热、促进血液循环、舒张血管的作用。在苦味食品之中，性味甘苦、寒凉的苦瓜深得人心。

苦瓜为一年生藤蔓植物，叶似葡萄叶，花似牵牛花，果实呈青绿色，布满大小颗粒，把玩于手，似触摸岁月流淌的痕迹。它也有苦尽甘来的时刻，成熟的苦瓜俗称癞葡萄，其瓜皮泛黄，内有红色籽粒，吃就吃籽粒上的红色果瓤，果肉带有黏性，水分不多，口感微甜，可充当水果。

实际上，苦瓜也是南宋时才从东南亚地区传入中国的。在各地传播生根后，苦瓜有了各式各样的入馔方式，其中有一种就是搭配荔枝：将剥好的荔枝果实切块，苦瓜切片，烧热素油一起清炒，起锅前撒细盐入味，装盘后，似白雪覆盖的青翠松林，放眼看去，极是清爽。食之一苦一甜别有一番风味。

本性虽苦的苦瓜，断然不会把苦味传递给搭配的食材，食者要是适应了它的清苦，会觉得这苦味十分受用，顺着这苦味循迹，会引发诸多的人生思考。也有人在烹饪苦瓜前，会以温水把苦瓜浸泡数小时，让苦瓜的苦味大大降低。我却想，丧失了苦味的苦瓜还叫苦瓜吗？

苦瓜的真味，通过凉拌可以完美地呈现。凉拌苦瓜操作起来也很容易：清水浸泡后的苦瓜，对半剖开，去除瓜瓤，切成薄片，撒上盐，搅拌均匀，腌制片刻，烧热水汆一下，随后放入凉开水中浸凉后捞出，控净水分，放上少许盐、白醋、麻油等调料即可食用。

端上桌子的凉拌苦瓜，最好用素白的瓷盘盛放，以对应它素雅的浅绿色瓜片。在调料的相佐下，苦瓜不张扬、不显摆，安静地点缀着餐桌。用筷子夹起一片，品尝时有淡淡的苦——在其他调料的中和下，它的苦已不再明显，苦瓜的苦，不是苦到没有尽头，而是一种甘苦，如婉约的宋词，初看晦涩，吟诵上几遍，便充盈诗情画意了。

在中国美术史上，苦瓜还曾是大师的精神符号，明末清初的画僧石涛极爱苦瓜，起了个苦瓜和尚的名号。据说石涛餐餐不离苦瓜，他的晚年饮食经常有凉拌苦瓜，但当时的他品味苦瓜难免心中有一丝苦涩，家国之痛隐现在他的日常生活中，更被他倾泻在了水墨里。

八、小　满

乳黄瓜：浮甘瓜于清泉

"小满十日满地黄，小满三日望麦黄。"小满之际，夏熟作物的籽粒开始灌浆饱满，农人随之忙碌起来，累了渴了，他们就坐在树荫下，取一根刚摘下来的翠绿的黄瓜，用衣角擦拭一下，放在嘴里大口地咀嚼，黄瓜丰盈的汁水立即流淌到农人口中，直至滋润到心间化作清甜的幽泉，抵消身体的劳累。

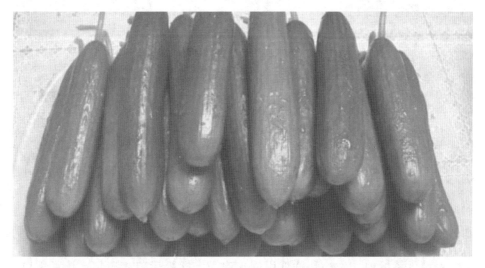

农人将采摘的黄瓜拿到街上出售，勤劳的主妇们看到后会挑上一些幼嫩的黄瓜买回来腌制，这些处于成长初期的幼嫩小黄瓜称作乳黄瓜，经过酱腌

后，名字虽还叫乳黄瓜，但味道已发生了翻天覆地的改变。

腌酱乳黄瓜历史悠久，清人龚乃保《冶城蔬谱》的"黄瓜"条目中有"近人又取其最小者，渍以酱，或腌以虾卤……味极鲜美"的记载，有了文人的笔墨渲染，再品尝腌酱乳黄瓜，美味中似乎也蕴涵了文化的味道。

尽管文化有其雅俗共赏的两面性，但淳朴的百姓断然不会依照文人的菜谱腌酱乳黄瓜，他们熟练的技艺多靠祖传，腌乳黄瓜的时候，全家齐上阵，主妇洗濯（zhuó）乳黄瓜，小孩则拿着钢镚去买盐，当小孩蹦蹦跳跳买回盐后，主妇立马将盐撒到乳黄瓜上——搁置晚了，黄瓜的清新气就荡然无存了。男人随即搬来一只圆肚大陶缸，把黄瓜均匀地摆到缸里，一层一层地压上青石块。接着几天，主妇会根据情况进行复腌、翻缸等工序。半个月后，脱去水分的黄瓜好似练了"缩骨功"，把精华都浓缩在寸把长的体积内。这时，主妇在缸内拣上一条黄瓜放到嘴里，"嘎嘣"一声，酱香中开释出浓浓的咸味。

酱渍乳黄瓜前，先给乳黄瓜用清水泡澡，揉松后装入布袋，扎紧袋口，浸泡到注满甜面酱的酱缸里制上三五天，乳黄瓜便披着墨绿色的外衣新鲜出缸了。将酱乳黄瓜剁成小段，淋上麻油，搭配清香黏稠的小米粥，眨眼的功

夫，米粥已呼溜溜吃完，只知道乳黄瓜好吃，咸、甜、鲜、脆混杂在一起，已然忘记它原来的味道。捏一条小乳黄瓜再细细咀嚼，才发现它咸甜适中，在咸甜味的交界处有一条鲜意的河流融汇在舌尖上，给上下运动的牙齿增添了动力。乳黄瓜不可避免地分裂成细小碎块，但仍用热烈的环抱给味蕾转达埋藏封尘在记忆深处的田园清香。北宋文豪苏东坡正是在品尝了乳黄瓜后，创作出了"色如碧玉形似簪，清香喷艳溢齿间，此味非比寻常物，疑是仙品下人寰"的诗句。

味道只是舌尖上的一度感受，真正的精神内涵才会长存世间。乳黄瓜在弥久的时光中，带给我们的总是深深的感怀与欣喜。

软兜长鱼：小满黄鳝赛人参

"小满黄鳝赛人参"，春夏之交的小满是吃黄鳝的旺季，此时的黄鳝肉质肥美，最为滋补。

鳝鱼因其色黄、身长，而有黄鳝、长鱼之名。鳝鱼性味甘温，喜栖息于水乡的河渠稻田，尤以暑天最为活跃，肉质最为肥美，同时最具营养。"小满黄鳝赛人参"不仅说明了这道菜的营养价值，也让老饕们有了品吃黄鳝的由头。

捕捞黄鳝可是个技术活。我以前在乡下见过农人在稻田里夹黄鳝，盛夏的夜晚，他们一手拿电筒，一手持顶头挫成尖齿的竹夹，光脚在水稻田里行走，当灯光打到如盘蛇般在水中游走的黄鳝后，竹夹迅速上前，黄鳝被紧紧夹住，在做了一番徒劳的挣扎后，黄鳝"呲溜"一下便钻进农人腰间的竹篓里了。

夹黄鳝，我虽没有尝试过，但却有过捕黄鳝的经历。上小学时，学校门口住着一卖鳝丝的老者，他把乡下收来的黄鳝蓄养在小院的水池里，老者酷爱杯中物，有时喝多了，换水时一疏忽，黄鳝就游进了门外的排水沟。我和同学看到后，便卷起袖子，在水沟中捕捉黄鳝，起初滑溜的黄鳝总是从指间逃窜，后来掌握了用手指紧掐其颈部的要领，屡获成功。我们将捉来的黄鳝带到家中饲养，但却养不上几天就死了，最终，在家里花猫直勾勾眼神的注视下，母亲把软塌塌的黄鳝送往垃圾场，并说，死鳝大毒，不能吃。

想来那时的黄鳝可真多，几乎全是野外自然生长，还有不少饭店做起全鳝宴。寻常的百姓人家，没闲工夫做上十几道鳝鱼菜，主妇们往往是到菜市场买现成的鳝丝，切寸段，葱姜佐配，伴洋葱、蒜片等荤辛菜爆炒。

上桌后，撒上胡椒粉，拌匀，拿筷子挑住炒熟的鳝丝中间，鳝丝两侧带有轻微的抖动，很像古代双髻童子围系的肚兜带，故衍生出"软兜长鱼"的烹饪术语。

关于软兜长鱼名字的来历，还有两种说法：一种是因为早年饭店规模小，锅也不大，余杀黄鳝前，怕它们逃走，要先用布兜或软兜将其兜起。第二种说法与品吃习惯有关，招待远方客人时，客人面前总要有筷子一双，汤匙一个，小酒杯一盏——长鱼虽好吃，但容易把油汤汁滴到桌上，故要以右手持筷夹起长鱼肉，左手拿着汤匙在下面兜着。

软兜长鱼与炝虎尾、生炒蝴蝶片、红烧马鞍桥等都是有诗意的菜名，它的美味，一般人很难抵挡。其实我想，这也是人的本性使然，只要合理保护自然生态环境，遵循生灵的生长繁衍规律，在小满时令里，适量吃一些黄鳝，还是可以接受的。

银鱼涨蛋：蛋网银鱼绕金光

小满寓意着丰收的到来，雨水也多了起来，闷热、潮湿的天气让人很不适应，人们的食欲往往会受到影响，此时就需要吃一些既滋补又清淡的饮食，

银鱼是合适的选择。

银鱼看上去就很美妙，它的美不是只有口舌才能体验，它的漂亮形体更是养眼，纤细、小巧的身躯透着晶莹，闪着白亮，针眼大小的眼睛黑而纯净，不见一丝杂质。按理说，这等妙物该是画家笔下的好题材，可见过画家画鲤鱼、鳜鱼、金鱼等，却没见过有人画银鱼，后来才知晓其故，原来是浑身雪白的银鱼在以白色为主体的宣纸上很难呈现生动的身姿之由。

人间画笔难以描绘，自然界的银鱼却自行点缀了水乡的美丽画卷。春日阳光明媚，十余条晶莹剔透的银鱼在波光粼粼的湖面悠闲游走，它们似乎也不认生，有时遇到在码头淘米洗菜的女子，也会摇头摆尾地凑上前去，好奇地打量着陌生的物象。有些调皮的女孩，看到这些可爱的精灵，高高撸起袖子，用藕白的纤手使劲一拍水面，水花四溢，在银铃般的笑声中，银鱼惊慌失措地迅速游向远方。

并不是所有的水质都能让银鱼畅快地生活，银鱼在遭受污染的湖泊里很难生存，所以有没有银鱼也是衡量湖泊水质好坏的一个标准。高标准的生存要求给银鱼贴上了"绿色生态食品"的标记，让它的价格水涨船高。

银鱼长度在二至三厘米左右，其刺细小，肉眼很难观察到，咀嚼中，会感到牙齿在消磨鲜嫩鱼肉过程中所遇到的轻微阻力。宋人苏东坡喜食"芽姜

紫醋炙银鱼"一菜，认为其胜过莼鲈之味。"华人谈吃第一人"唐鲁孙品尝过湖北黄陂、湖南长沙、天津塘沽、江西瑞洪所产的银鱼，他认为四地银鱼俱佳，但要以不同的方式烹调，才能发挥美味的最大潜能。

　　烹饪银鱼无需像其他鱼类那样开膛破肚，细小的银鱼经清水洗净后，即能煎炸烧炒。"银鱼涨蛋"是最常见的做法，滋补效果也更胜一筹，而且操作起来相对简单：鸡蛋打散，放入银鱼及葱花、细盐、料酒等调料搅拌均匀，倒进油锅，两面翻炒。在油温的炙热下，原本不起眼的蛋液慢慢地膨胀为一个不规则的圆形，银鱼被这"圆网"凝固其中，挣脱不得，只好无奈地接受命运的安排，将肉体中的营养"奉献"给人类。

　　银鱼以鲜吃为宜，但偏偏又有"见天死"的命门，一旦离开水面，它们蹦跶几下，就会死去，所以一定要以鲜活的银鱼烹制"银鱼涨蛋"，如果所用的鸡蛋是母鸡刚下的，透着热乎气的鸡蛋，那滋味绝对是无可挑剔。

　　有一年小满的时候，我去拜会文友大金。他承包鱼塘，还养着鸡鸭，他将刚刚打捞上的新鲜银鱼清洗干净，再到鸡窝里掏几个还带着热乎气的鸡蛋，直接上锅烹制，那种缠绵幽香、那种软嫩丰腴，真是直抵骨髓的畅快享受！现在依稀忆及，都不禁口舌生津，甚至在梦里也会打个饱嗝。

九、芒　种

酸梅汤：一瓯冰水和梅汤

芒种时节，热气来袭，人们多会选择清凉的饮品来驱散热气。

酸梅汤可以带来强劲的凉爽，足以说明老祖宗当年的发明值得信赖。我们可以去中药店买来乌梅、陈皮、甘草、山楂，用它们打造去暑的佳饮。

酸梅汤的制作方法如下：投乌梅等到紫砂钵里，注饮用水，搁到火炉上；待汤逐渐变得浓郁深沉，舀出一半汤汁，加水再熬。反复沸腾中，乌梅味会更浓烈，猛吸一口，能感到空气中有了酸的味道。再将熬好的汤汁合并在一起，过滤去渣，加适量的冰糖及糖桂花，酸梅汤的口感就更加酸甜清爽了。

　　制作酸梅汤的最后程序不能忽视，即将其冷却，放冰箱冰镇。酸梅汤有生津去火之功效，冰镇又使其多了降温除汗的功能。大约两个小时后，把酸梅汤从冰箱里拿出来，倒入玻璃杯中，杯子外壁立刻沁出细细的水珠。小口地啜饮酸梅汤时，似乎瞬间浇灭了烦闷之火。

　　喝酸梅汤也是一份闲适。一个芒种的午后，我独坐在树荫下，一边喝酸梅汤，一边看《红楼梦》，当读到挨了打的宝少爷嚷着对贾母说干渴，要喝酸梅汤的情节后，看了看被自己喝至见底的酸梅汤，不禁莞尔。

清炒苋菜：赤苋红汤味正浓

　　按字面解释，芒种大意是有芒的麦子快收，有芒的稻子可种。同样，其他农作物也是如此。芒种前后，个性鲜明的苋菜上市了，它是炎热季节里百姓常吃的菜肴。现在虽于清冷的季节里也能见到大棚培植的苋菜，但我始终认为这不过是它的替身，只有在灿烂的阳光下，苋菜才会有最纯真的味道。

苋菜颜色多样，故土里下河地区的苋菜，常以紫色或青紫色的叶片迎人。下河多水，夏季的晨雾中弥漫着清新的湿气，菜园里的苋菜呼吸着新鲜的甘露，在光阴中拔节成长。远远望去，苋菜或如青春招展的旗帜，或如披着红紫色罗裳的野花，走近看，它也是那般娇美，椭圆形的叶子平托起点点露珠，似多愁善感的美人，楚楚之态，让人怜爱。

实际上，苋菜骨子里却不柔弱，择一块荒地，撒下细如针眼的苋菜黑籽，偶尔浇浇水、松松土、施施肥，或完全把它交给自然打理，任凭风吹雨打全然不顾，都丝毫不会影响苋菜的生长。它不但成功地在土壤里安营扎寨，还巧妙地借助风力或鸟儿的力量，在野外繁衍了众多壮实的子孙。

苋菜还有抗旱的能力，在阳光的暴晒下它也能平安无事，因而它也被称作旱菜，但也有地方写作"汗菜"，意为人们在夏天容易出汗的季节食用的菜。

现采现烧现吃的苋菜味道最好，将新鲜出土的苋菜剪去老根、摘去黄叶洗净，再将油锅放蒜瓣铺垫，加苋菜清炒，满满一锅的苋菜被热油围绕，很快就收缩了，漫溢些许的胭红汁水，起初的阵势，像是不把整个油锅染红誓不罢休的样子，片刻后，温度趋于平稳，它也安稳了许多，只留香味在空气中摇曳微荡。

　　有经验的食客都知道，炒苋菜放蒜有提味的功效，无蒜的苋菜不值一炒。虽然有了最佳搭档，但在炒菜时还需要掌握一些技巧：要以大火猛炒，保持苋菜不失去本味；放盐的时间也有要求，在收尾阶段入盐为妙，因为前期放盐会使苋菜软塌，营养流失。

　　在绿色蔬菜里，苋菜堪称特别，因为它在芒种的节气横空出世，用热烈的情怀消解了人们舌尖乏味。

水煮毛豆：豆藿连阡稻麦无

　　芒种节气，顶着烈日忙碌一天的农人回到家中，来一盘水煮毛豆，喝一壶大麦烧，再洗个热水澡，美美地睡上一觉，第二天便又恢复了力气。其实，这在很大程度上归功于毛豆，因为当人体大量出汗后，造成了体内钾的流失，而毛豆富含钾元素，吃毛豆可以起到补钾的功效。

　　收割毛豆没有采摘扁豆那般斯文：一株株齐腿高的毛豆茎秆，被磨得雪亮的镰刀割倒，扎成一捆捆后挑回了家。剪下豆荚后，剩下的带有椭圆形叶片的茎秆，被农人搬到空场地晾晒，晒至干黄后，可作为灶间的燃料使用。

　　毛豆算是豆类中的"毛孩子"，其维护豆荚养分的茎叶上也布满细毛，是名副其实的"毛手毛脚"。所以剥毛豆是个麻烦事，惹人嫌的就是这豆荚上的

细密绒毛，才剥了小半碗的毛豆，就粘到一手毛，痒得人坐立不安，只好急

急地去洗手。水煮毛豆就可以免去这些烦扰：剪去豆荚两头的锐角，将豆荚搓洗干净，加水放盐，上锅一煮，就可食用。吃时，用筷子夹豆荚送到嘴边，牙齿一张合，筷子向后一拖，豆荚里的豆子就蹦跶到口中了。

水煮毛豆有"素蟹腿"的别称，从外形上看，它还真有些像一只只绿色的螃蟹腿，但它吃起来远比螃蟹腿便捷，味道也不错。煮熟的毛豆有了些许湿润，盐稀释在豆荚的外壳上，有所保留地进入豆荚内，它木质的豆香在脱去外壳后散逸，经过牙齿的咬合，豆香浓烈地在上下颚之间涌动。

　　水煮毛豆似乎没有太多的地域性，南北皆有，价廉物美。夏日的夜晚，它还会出现在城里的夜市摊上，时常有赤膊的汉子一边剥毛豆吃，一边喝着酒，不一会儿，面前已经堆起小山般的毛豆壳，在昏暗路灯的照射下，显现出一抹生动的亮绿。

十、夏　至

绿豆汤：草芥魂在泻火汤

　　夏至，是二十四节气中最早被确立的节气，防暑是夏至到来后需要首先考虑的问题。熬绿豆汤是很多地方的夏至习俗，喝一碗凉爽可口的绿豆汤，有消汗解热的功效。

　　绿豆和红豆、黄豆、青豆、白豆等系一个家族，它们好像是七彩葫芦娃兄弟，各有各的特点。绿豆所具有清热解毒的功效，是一位抗击暑热的"高手"。

　　食绿豆，无非一个"煮"字，煮粥还是煮汤，任君选择。煮绿豆汤，过

程简单：将洗净的绿豆捡去砂粒、石子等杂质，挑去那些外表干瘪的小豆，再将优质的绿豆以清水浸泡，充分浸泡后，将绿豆放到锅内煮，随着火舌不断地舔着锅底，绿豆绽放了笑脸，散发出了清新的豆香气。

火候长短的掌握，能让绿豆汤产生不同的效应。绿豆汤祛暑之功，首在表皮，故无需久煮，让表皮消融于水，在清水转为绿色后，就可以喝了。败毒的绿豆汤，一定要把绿豆整体煮到糯烂，直至与水充分混合，汤质混沌，汤色深绿，色相虽不完美，却有清热解毒的奇效。

煮好的绿豆汤，不要急着喝，要把它放在通风处晾凉，接着投几枚冰糖，待完全冷却后盛上一碗，喝起来特别舒坦。但需要提醒的是，要浅浅地慢饮，喝快了体验不出其中的美妙，喝绿豆汤，极易让人产生美妙的幻觉，似静坐于深山竹海，伴有习习凉风。

绿豆汤亦可以转型升级，配百合、苦瓜、薄荷等伴煮，复合型味道叠加在一起，能呈现出别样口感。追求精致的苏州人常以薄荷水煮绿豆汤，同时还放糯米、蜜枣、冬瓜糖、红绿丝等配料，用此法煮好的绿豆汤似桃红柳绿的俏江南，既是饮品，也是茶食。还有一种"苏式绿豆汤"，它的一大特色是清鲜、雅致，绿豆和糯米在蒸熟后再熬煮，以保证绿豆汤汤汁清澈、透明。

我曾在夏日尝试用绿豆汤做冰棍：多放绿豆，把绿豆汤熬煮得醇厚黏稠，再迅速搅拌中倒进模具，放至冰箱冰冻成型后取出。咬一口含在嘴中，味道虽不算很甜，却清鲜冰凉。三伏天里，吃着自己制作的无任何添加剂的纯天然冷饮，真是口爽心也爽。

清水小龙虾：红衣细肉鲜入味

小龙虾是夏日的鲜美之物。夏至时节，小龙虾最为肥美，此时的小龙虾刚好长大脱壳，肢爪强健，背甲红中透青，腹部壳软而透明，能看到其腹内的虾肠线。夏至吃龙虾不仅是习俗，现在更是成为一种时尚。

小龙虾是水乡河道、沟渠里的"原住民"，它有着敏锐的知觉，当人靠近它时，它小火柴头般的眼睛似乎是在打量对方，抖动几下触须，接着高举起两只大钳爪，移动四只爪腿，慢慢地往后倒退。据传水乡龙虾是民国期间当作饲料从境外引进，其有青红颜色，成熟者红而发黑。为和澳洲龙虾、波士顿龙虾等"大块头"的海洋龙虾区分，水乡龙虾被学者称为淡水小龙虾，但民众依然习惯称龙虾。

幼时，我吃过不少龙虾。那时，龙虾遍布乡野，价极低，也就几角钱一

斤，要是临近中午，有渔民见还有小半盆龙虾未售完，心里不免着急，他们也想早点回去吃饭喝小酒呢。于是就放开嗓子吆喝叫卖起来，如有顾客上前询价，他们也不按斤算价，而是一盆随便估个价，遇到精打细算的顾客，还要再还点价，渔民照样爽快地答应。成交后，主顾皆各自欢喜。

这几年，吃龙虾渐成风尚，规模化养殖也适时出现，想用买青菜的钱再来买龙虾无异于"天方夜谭"，姑且不论酒店宴席，就是排档食肆，也拿它做雷打不动的头牌菜。夏夜漫步街头，就着暗淡的路灯，往往能见到路边小吃摊前摆放着塑料桌椅，三三两两的年轻人就着一盆龙虾，畅快地喝着啤酒。不知是酒精的作用，还是红彤彤龙虾带来的效果，品食者均无例外地"面红耳赤"。

龙虾的烹调方式有很多，清水小龙虾是一种具有特色的吃法：先将姜片、葱段、桂皮、香叶、花椒、八角、料酒等投入水中煮沸，再放进龙虾，用水煮透。此种方法烹饪的龙虾，吃起来清新鲜爽，虾仁带着一股甜味。但好吃离不开入锅前的铺垫——刷洗小龙虾，这是个细致耐心的活计，特别是清理龙虾背部凹槽内的肠线，更要细中见细。具体方法是，从龙虾尾部甲壳处抽取细如棉线的肠线，需掌握"轻拉、快出"的原则，要是肠线很勉强地被拖出来，烧好的龙虾肉质必软榻松散，失去紧实弹性。由于需求量大、忙不过来，很多餐饮店不会抽龙虾肠线，因此食客在将虾仁送到嘴里之前须先抽掉肠线。虽显麻烦，若反过来想，这倒也是吃龙虾的乐趣所在了。吃清水龙虾，手剥的工序也是一种乐趣，在经过不太复杂的劳动后，吮吸着鲜美的虾黄，品食着虾螯里的嫩肉，味蕾获得极大的满足感。美食家古清生回忆到小时候能吃一大盘子姨娘做的红烧龙虾，直至眼前堆满虾螯与甲壳。他觉得那是童年最难忘的一道大菜，这难忘的味觉影像里既融和了温馨的亲情，也镌刻下一段童趣印记。

丝瓜蛋花汤：丝瓜沿上瓦墙生

"生津止渴，解暑除烦"，这是《陆川本草》对丝瓜特性的描述。由此可见，在炎热的夏至，丝瓜是适合食用的凉性佳蔬。

丝瓜种植简单，仲春时节，在屋后的泥地里撒上几粒黑亮的丝瓜籽，找几根毛竹竿和扎丝线，扎个架子立在一旁，丝瓜见风就长，没过几日，短短的瓜秧子就长成筷子般大小了，纤细的丝瓜便顶着含苞欲放的小黄花，在枝藤叶片的簇拥下，斜斜地垂挂在竹架上。这般绿莹莹的光景让小生灵们欢跃不已，金黄色的小蜜蜂，绸绿色的小蚂蚱，或在花朵上盘旋，或在枝叶间跳

动。静谧的丝瓜架上，满是生命的律动，形成了自然界的诗情画意。

长大的丝瓜弯弯长长，透着一股清幽幽的草本气息，瓜皮呈青绿色，上面有一道道细细的长条形线纹，摸上去有些粗糙，有种抚摸细砂纸的错觉。别看瓜皮貌不惊人，但切丝后用辣椒丝爆炒吃起来却相当有味，当然，丝瓜最主要的食用部分还是它那绿白相间的瓜瓤。有时忽然有客到访，勤劳的主妇就到屋后揪几条丝瓜，顺手再去鸡窝里拿两个鸡蛋，一会儿工夫，美味爽口的丝瓜蛋花汤就呈现在客人的眼前了。

丝瓜蛋花汤的做法很简单，即便第一次做，几乎也不可能做砸：将刨皮后的丝瓜切成寸段，用油煸炒，加开水，煮沸后，把打成蛋液的鸡蛋倒入，鸡蛋遇到热水后，如天女散花般均匀地分散到汤水的表面；接着加上盐，撒少许葱花，丝瓜蛋花汤翻着细小的泡泡，这味道，光闻着就给人一种特别清新的感觉。

丝瓜蛋花汤是民间传统的夏日养生菜，看着特别养眼，清雅而不腻的汤汁里，漂浮着浅黄的蛋花和青翠的丝瓜，看上去素雅怡人，品尝一下，丝瓜不但保持了原先的滑润清爽，还渗进鸡蛋的香味，蛋花则全部融入汤汁里，口味甘美醇厚，软糯爽口，用丝瓜蛋花汤泡饭或下面都是很好的选择，吃到最后，嘴里还有一丝回甜，吃上一大碗丝瓜蛋花汤，一两个小时都不会觉得

口干。

　　在各类瓜类食物中，丝瓜所含的营养价值相对较高，对人体健康极为有益，再配上有营养的鸡蛋熬成汤，具有排除体内毒素，美容养颜、健脾益气的功效。

　　夏天的夜晚，来一碗丝瓜蛋花汤，然后冲个热水澡，再美美地往凉席上一躺，翻着闲书，吹着风扇，真是一件乐事。

十一、小 暑

脆鳝：状如拱桥附盐霜

　　小暑节气为夏季的第五个节气，是夏季升温的一个小高潮。这个时节，一定要吃一些补充体力的食物，民间有"冬吃一支参，夏吃一条鳝"的说法，至于怎么吃鳝？可以选择吃脆鳝。

　　脆鳝虽以油炸的方式进行烹饪，但吃起来丝毫不油腻，而且冷热均可食用，"华人写吃第一人"唐鲁孙在文字里称自己把脆鳝倒在厚草纸上，压成粉末撒在拌好的豆干丝上吃，这样吃他还没有过瘾，索性把剩下的脆鳝末倒在白汤面里拌着吃。在写这段让人勾起馋瘾的文字时，我想这位可爱的老人肯

定会时不时地咂咂嘴巴。

传说"脆鳝"这道菜创始于清代晚期，当时有一绸布庄即将开张，店主到饭馆提前预订了炒鳝丝招待客人，哪知开业前一天，绸布庄被一场大火化为灰烬，这下饭馆老板也发了愁，加工好的鳝丝该怎么处理？老板在厨房看着鳝丝就心烦，拿起鳝丝随手一丢，哪知有几根掉到油锅里炸后闻起来挺香，捞上来一尝味道还不错，于是就把鳝丝油炸后出售，结果很受欢迎。故事似乎具备一定的偶然性，真假已无从考证，但似乎"脆鳝"也因此有了一段偶然的故事。

大道至简。脆鳝的烹制无不体现着这个"简"字，但这个"简"是建立在烹饪技术之上而言的，剔除长骨的鳝丝切段，用老抽、细盐等调料腌制片刻，水淀粉上浆后入锅油炸后即成。别看步骤简单，但刀工的粗细、作料的用量、调配的手法、油锅的火候均有讲究，优秀的厨师总会拿捏得恰到好处，这就好比写意画家拿起毛笔，能以洒脱的线条表现神形皆备的花花草草，而"门外汉"看着简单，一试却发现笔不听使唤了。其实笔还是一样的笔，差距则在手头的功夫，脆鳝的烹制也是如此。

脆鳝有着一种焦脆的质感。鳝丝油炸后，因热力弯曲蜷缩，看上去似架在湖泊上的一座座青砖老拱桥，这符合了江南水乡的某种特性。鳝鱼的本质醇香被油温定格，只有牙齿才可以打开美味之门。嚼着嚼着，你能感受到嘴里的香味越来越浓，这样的酥松，耳朵同样能感觉到，因为人在咀嚼时，耳畔会响起脆生生的回音。

小暑虽然炎热，但有脆鳝这等美食相伴，夏日便多了几分期待，舌尖便多了几分欢喜。

白斩鸡：庖手妙厨切冷鸡

小暑天气太热，在厨房做饭是一种煎熬，不如到街上卤菜店去买半只白斩鸡，轻轻松松打发一下肠胃。

白斩鸡是卤菜店的头牌，常常见到卤菜店前排着长长的队伍买白斩鸡，橱窗内几只黄澄白亮的白斩鸡吸引着食客前来购买。店里的伙计戴着护袖，系着围裙，颇有气概，手起刀落间，案板上的鸡连肉带骨分成若干块，只有鸡爪部位还保持平直上昂的姿态。店里店外都弥漫着鸡肉的香味。

白斩鸡虽适合小暑食用，但寒天吃了也不冷口，配上白酒，"二白"联手，再加上旁边友人掏心窝子的话，瞬间便滋生出全身的暖意。

原汁原味是白斩鸡的味道特征，将1千克左右的鲜活三黄公鸡宰杀开膛，收拾干净，配葱、姜、黄酒等作料置水锅内，用大火、中火炖煮后，投入冷水浸泡，打捞切块装盘，吃时蘸调料，调料按喜好选配。有的吃食店的调料能赢得食客的垂青，其中必有几味配方属于机密。

拆开白斩鸡，看到鸡骨上凝有黯淡的血丝，但闻起来却没有腥气，这是火候到位的白斩鸡，这是原汁原味的白斩鸡，它的美味浓缩在每一处构件里。弹力充足的鸡皮如一条摆尾的鱼，引领牙齿加快地运动。鲜香的鸡肉在鸡皮退场后登陆舌尖，带有清甜的肉纤维不粗不柴，无需担心它会占据牙缝，只是觉得消磨它的时间太快，最后咬到鸡肉里的骨头时，觉得骨头都是酥软的，牙齿轻轻一用力，少量的鸡骨髓跳到舌面上，鲜香在嘴中弥漫，香味让人快活如意。

白斩鸡在南方很多地方的菜谱上都可以看到，其地位相当于北方人心目中的烧鸡。清人袁枚《随园食单》里已有白斩鸡的雏形，称作白片鸡，袁氏称"尤宜于下乡村、入旅店，烹饪不及之时，最为省便"，可见当时的人已把它当作应急的快餐食品。

小暑伏天吃白斩鸡，有祛湿排毒等功效，从科学角度来看，鸡肉的营养成分主要由蛋白质、脂肪等组成，是人们暑日进补的首选，正如民间所说的"起伏吃只鸡，一年好身体"那句俗语。

剁椒鱼头：美人纤手炙鱼头

唐代诗人元稹有诗云"倏忽温风至，因循小暑来"。小暑把夏天的热度推向一个小高潮，此时人们若按照"冬收夏放"的饮食定律，吃一道热辣的剁椒鱼头，出一身大汗，身体顿时会轻盈不少，精神也为之一振。

剁椒鱼头本是湘菜，相传它是清朝雍正年间文人黄宗宪的发明。当时黄宗宪为躲避文字狱，离家逃命，路过一个村庄时，在一户贫寒的农人家借宿。农人捞了一条鱼招待黄宗宪，农人的妻子把鱼身段煮汤后，又以鱼头用剁碎的辣椒蒸熟做了一道菜，黄宗宪吃了觉得很爽口。回家后便让厨师也照此方法加工，从此，剁椒鱼头便流传了下来。

不是所有的鱼头都可以成为剁椒鱼头的食材，剁椒鱼头里的"鱼头"最少要在150克以上，首选是花鲢鱼头，此种淡水鱼鱼头较大，肉质较多，按俗语叫"鳙鱼头，肉馒头"。花鲢鱼头内部两边鱼鳃还有白色半透明状的两块鱼肉，肉质鲜嫩，有雅称叫作"鱼云"，这是美食家乐于开挖的"宝藏"。

现取现做的鲜活鱼头才是烹制剁椒鱼头的不二选择，因为冷冻多时的鱼头腥味加重，肉质变老，虽是用重口味的辣椒烹制，但食客灵敏的味觉依然能甄别出它的腥旧。具体做法是：取新鲜的鱼头，从中劈作两半，这一刀要见功力，不能让鱼脑流散出来。劈开的鱼头再以料酒、盐等腌制片刻，接着铺上蒸笼，撒上剁椒后蒸熟，一般用红椒，亦可用红椒和野山小青椒双色辣椒，让剁椒鱼头的热辣威力成倍增长。

蒸后的剁椒鱼头，还要经历"锦上添花"的过程，点缀上香菜、蒜蓉后，把加热后的菜籽油均匀地浇到鱼头上，热油碰到鱼头后，发出滋滋的响声，辣香味一下子全部被激发出来，把湘山湘水的风情带给每一位食客。

我对剁椒鱼头颇为偏爱，一年盛夏，我着凉感冒，排不出汗，浑身发冷。这时母亲给我做了一道剁椒鱼头，放了很多辣椒和姜丝，吃了半只鱼头后，我的舌头几乎麻得失去了知觉，好像承受不了这种辣意，却又是欲罢不能。最后母亲把剁椒鱼头的汤汁用纱布过滤掉鱼刺，在汤汁里加了一勺香醋，煮了面条给我吃。我吃了这碗面条，浑身上下变得湿漉漉的——原来闭塞的汗毛孔开始工作了，随后我捂着被子睡了一晚上，到了第二天感冒好了一大半。

十二、大 暑

盐水鹅：老鹅香润饪珍食

"小暑不算热，大暑正伏天"。大暑的气温胜过小暑，每每这时，我和友人聚餐常吃盐水鹅，配上一瓶冰镇啤酒或可乐，真是消暑利器。

吃久了盐水鹅，有一位在我们这边工作的外地友人问，你们这里有盐水鹅，咋没盐水鸭呢？这话让我上了心，请教老者方知答案，原来盐水鸭又称咸鸭子，其谐音"闲鸭子"在方言里代指游手好闲之人，不讨口彩，故无人制作。

盐水鹅多由卤菜作坊制作，饭店主打的是鹅肉、鹅杂同炖的"老鹅煲"，一盆要卖五六十元，性价比远不如十多元一斤的盐水鹅。烹制盐水鹅，先将鹅处理干净，然后置于锅内用盐水煮，盐水中大有名堂，除了以桂花增加香气外，还融合了数十种草本调料，等到鹅肉酥烂，浓香满屋就大功告成了。

鹅肉少腥，但口感略粗，做成盐水鹅，鹅肉的粗纤维便多了些许韧性。

吃盐水鹅宜冷食，这与鹅肉性凉的本质不谋而合，所以四季均有的盐水鹅在夏天会空前热销。身着汗衫的食客拿蒲扇指着合意的某只盐水鹅，卤菜摊主会按食客的要求取出，碰上老主顾，摊主还会抓一把鹅肠或拧一只鹅头作为赠品。鹅肉切块装袋后，摊主拿上塑料桶倒出一些香浓的卤子到鹅肉上，卤子就是煮盐水鹅剩下的卤汤。我买盐水鹅时，总会多要上一点卤子，用以拌凉面，浇上泛着点点油星的黄白色鹅卤子的面条，夹一口到嘴中，鲜香滑爽，别有一番滋味。

去年大暑，我和友人光着膀子坐在老宅天井里喝冰镇啤酒，下酒菜就是盐水鹅。我们尝遍了多少珍馐美食，却仍念念不忘这简单的盐水鹅。

拌凉粉：莹白沁凉润心肠

有民谚曰"小暑不见日头，大暑晒开石头"，意思是大暑的太阳能让坚硬的石头咧嘴，此话略带夸张，却生动地道出了大暑的威力。

　　大暑虽热，但人们可以借助各种方式来散热，在高温中忙碌了一天的人们，身心疲乏时食一碗滑嫩爽口的凉粉，好似芭蕉扇扇起了阵阵清风，刹那间扑灭了大小山头的无名之火。

　　凉粉是大暑具有代表性的街头小吃，但它也不是单纯的时令美食，到了冬至时，乡人要以切块的凉粉炒雪里蕻祭拜先人，过后回锅再食。凉粉的原料多为米浆或豆类淀粉，因绿豆性寒，磨成淀粉后的胶冻性好，所以制凉粉用绿豆淀粉较好。淀粉经过晾晒、兑水、烧煮、搅拌等工序，最后装于圆陶盆里冷却，成形的凉粉呈平头圆桶状，洁白粉嫩，似光洁莹亮的白玉，更似娇嫩的牛奶布丁，许是方言习惯的缘故，乡人又称凉粉为坨粉。

　　去街边的小摊上吃凉粉，拌食是主要吃法。摊主揭开盖在凉粉上面的毛巾，手持带有弯形提手、上面布满小孔的黄铜刨子围绕凉粉一周旋转，刨上三五圈，长约6厘米、鞋带般粗细的凉粉丝就码到了碗里。那碗是专用的凉粉碗，有不少还是祖上传下来的物件，深腹、高脚、敞口，形态介于碗和盘之间，周边是青花福禄寿三星，看上去古朴雅致。

　　拌凉粉大有文章，调料有酱油、香醋、麻油、辣酱等，辅料有蒜泥、剁碎的萝卜干、榨菜丁、香菜末等，用筷子一拌，粉条从白色转为浅红色，配以黄白绿色，让人食欲顿开。一位长辈和我说过，过去物质匮乏，很多时候拌凉粉就单用豆瓣酱拌食。相比以往的简约，现在的拌凉粉算是豪华了。

吃拌凉粉可以品味到多种味道，用筷子夹起送入口中，先是酸辣香咸，然后凉粉的本性很快触及，是豆类的清香，鲜味中有一丝回甜，清凉气息穿过咽喉在胸腹间行进。

凉粉之所以热销，也因为它是很好的下酒菜。傍晚，我常看到两三个汉子，坐在屋外的小方桌上，喝着冰镇啤酒，就着一碗凉粉、一碟花生米，再加上半只烧鸡或卤鹅，杯觥交错间，体内的热意逐渐降温，感情却迅速升温，这或是他们一天中最闲适的时光了吧。

蜜酒酿：琼浆玉液消暑日

大暑的烈日，催发出滚滚的热浪，人们出行时，鞋子踩在滚烫的马路上，不免心生烦躁。这样的天气，需要一些清凉小食来消除暑意，甘洌爽口的酒酿就是不错的选择。

家乡习惯把酒酿叫作"蜜酒酿"，这不仅源于酒酿的香甜，更主要是和酒酿的叫卖声有关。夏日上午，卖酒酿的汉子趁着早凉，踏着自行车缓慢穿行在深巷幽弄，时不时下来推着自行车走上一阵，车架两边系绑的方形铁丝框里是盛放酒酿的陶钵，行进的路上回荡着一阵阵圆润的叫卖声——"卖蜜酒酿儿，卖蜜酒酿儿——"带着卷舌的尾音掩盖了地面青石板和车轮在游走下发出的细微碰撞声。

　　勾人的叫卖声吸引了孩子们肚子里的馋虫，他们向大人要上几个零钱，从碗橱里拿个粗瓷大海碗，径直跑到卖酒酿的汉子旁，等着挖酒酿。接住孩子递上的两角钱，卖酒酿的汉子掀开罩在黑褐色陶钵上的纱布，乳白莹亮的糯米抱团在一起，汉子拿木勺挖上一块盛到碗里，陶钵中凹塘中的米酒便汩汩地漫溢出来，一时间，夹杂着桂花芬芳的酒香气全方位地释放出来，飘荡在弯弯的深巷幽弄里。

　　在物资匮乏的年代，孩子们对酒酿很是珍惜，他们小心翼翼地把盛满酒酿的海碗端到家中，在盛放井水的脸盆里凉上半晌后再慢慢品尝，先喝一口碧清的米酒，再拿竹筷子挑起一小块糯米细细地嚼，圆润的糯米吃在嘴里绵软而有韧性，一点也不粘牙，咬开后，蛰伏在糯米核心层中的米酒汁液弹射到齿颊，刹那间，鲜甜、冰凉的感觉传遍全身。看着孩子嘴巴上粘着的糯米粒，一旁的大人露出了慈爱的笑容。

　　物美价廉的酒酿与寒冬里热腾腾的黑芝麻糊一样，香气里弥漫了孩子们甜美的梦想，他们希望隔三岔五就能吃上一碗酒酿，为了满足孩子的馋瘾，主妇便在闲暇之余做起了酒酿：预先用水泡好糯米，待糯米蒸煮后放适量酒曲和桂花糖水，发酵两天就可食用。要是孩子吃不掉，主妇便变着戏法做起了赤豆酒酿、酒酿圆子、酒酿鸡蛋一类的酒酿小食，无论自家吃，还是送友邻，都能让主妇的内心荡漾起喜悦。要是家里还余留半袋面粉，她们还会尝试做一下姑苏风味的酒酿饼，这可是一家人吃中茶夜宵时的首选点心，酒酿和面粉好似一对精诚团结的挚友，在默契的合作中发挥了各自的潜能，酒酿在高温的烘烤下激发了面点的酥脆，毫无保留地释放出自然的鲜香气。

酒酿不单是小食点心的身份，在老饕眼中，它还是上好的调味品，荤素食材，皆可用它调配增味。清代袁枚对吃食极为考究，他认为酒酿当作料使用，应去糟粕，他在《随园食单》中记载了蒸鲥鱼、煨火腿、糟白鱼等多款以酒酿烹制的菜肴，其中有一款"假牛乳"是"用鸡蛋清拌蜜酒酿，打掇入化，上锅蒸之。"寥寥数语间，却让人隐约闻到了酒酿和鸡蛋的清香味儿。

现在很少有人手工制作酒酿了，想要品食，人们多去超市购买瓶装酒酿。瓶装酒酿外观形态和手工酒酿区别不大，细细品尝，却似乎缺少了些什么，吃了好像也不能消解暑意。探究其因，蓦然发现，昔日酒酿中蕴含的点滴岁月和温馨亲情，似乎已随流年淡去。

第三辑
秋

　　禾苗如浪花般涌动，似火烧云般燃烧，释放了丰收的信号，构成了盎然的秋意。经历苦夏的舌尖，终于在秋天迎来了属于它的嘉年华。

十三、立 秋

糖炒板栗：凉风促发板栗黄

糖炒板栗是一种历史悠久的街头小吃，据南宋诗人陆游《老学庵笔记》记载，宋代开封李和的炒栗子远近闻名，其他店铺怎么效仿都效仿不了。一年四季当中，立秋后是板栗大量上市的时候，街面上卖糖炒板栗的摊点也多了起来。

糖炒板栗是具有群众基础的小吃。在众多的秋日美食当中，螃蟹颇具代表性，但因其性凉的缘故，有人却不宜食用，但很少有人吃不惯板栗的。板栗的味美香甜、营养丰富让它博得了好人缘，人们亲切地把板栗和红枣、柿子一起并称为"三大木本粮食"。

　　仔细观察售卖糖炒板栗的摊点，你会发现，摊主一边大声叫卖，一边将电转炉出口下铁框里炒熟的栗子装进纸袋，递给身旁的顾客。炉子里面除了板栗，还有一些黝黑的微小石块，这是石英砂，能使每个栗子受热均匀，至于糖炒板栗的"糖"，是麦芽糖，在翻炒过程中，被摊主随蜂蜜和植物油加入其中，经过多次翻炒后，石英砂变得透亮、光滑。

　　刚出炉的糖炒板栗，热腾腾、香喷喷，如玛瑙粒般红紫发亮，光看上去就很诱人，轻轻一咬，再使劲一捏，金黄色的栗仁便飘着缕缕香味呈现在眼前，萧瑟的秋风瞬时也吸附了清甜的气息。

　　炒后的板栗粉腻香甜，吃时要细嚼慢咽，吃上几只后，最好喝点饮品，因为板栗的渣质容易逗留在口中。尽管如此，它仍不失为消遣聊天、品茶清谈时的好零食，女作家迟子建读书之余青睐的零食就有板栗，而张爱玲更是地地道道的"栗粉"，早年她住在上海赫德路口的爱丁顿公寓，回家途中路经一家南北货店时，总有意放慢脚步，闻一下炒板栗时饴糖和黑砂散发的那股焦香。假日也会买上一包由牛皮纸裹着的糖炒栗子，若干年后，糖炒板栗滋味依然荡漾在张爱玲绵长的回忆里。

每种食物都有品尝它的最佳时段。糖炒板栗趁热吃口感最佳，搁置冷了，不仅外皮难剥，肉质生硬难嚼，香气也会淡化。

板栗在我家乡不多见，我首次看到板栗树是在秋日的皖南牯牛降。行走在山野，见到地上落有绿色的刺果，当地的向导告诉我，剥开刺果壳，里面就是板栗。后来，我在山脚下的土特产市场看到山民现剥现卖的板栗，五元一斤，买上几斤回去煮食，甘润醇厚的味道触及心间，仿佛与绵延的青山有了意味深长的拥抱。

猪头肉：苦夏过后贴秋膘

按照传统的养生习惯，立秋后就要适当地吃点荤食，这在民间叫作"贴秋膘"，这时可以吃一些猪头肉。

制作猪头肉，过程简单，却很费功夫，先要选几只皱纹少的大猪头褪毛，以清水汰洗，割去猪耳和舌头另行卤制，将光秃秃的猪头两个一组，扔进装满老卤汤的大铁锅中烧煮，煮熟后的猪头骨肉分离，色泽沉稳红润，浑厚的香气直钻鼻孔，让人口舌生津。

　　猪头肉的外表皮质由胶原蛋白构成，富有弹性，用手指轻按一下移开，凹下去的皮质会反弹如初。皮质层下多瘦肉，吃在嘴中细腻、绵软，毫无肥腻之感，其原因一方面是皮质和瘦肉削减了脂肪比例，另一方面是过多的油脂在烧煮时被卤汤吸收。再用饱含油脂的卤汤烧豆腐干等素食，使素菜有荤味，鲜美异常，常令人吃得饱嗝连声仍未觉过瘾。

　　猪头肉可以在卤菜摊上买到，流动的摊点由平板三轮车改造，上面装了个铝合金的玻璃柜，柜子上方吊有几只灯泡，下方的搪瓷方盘上摆放着猪头肉、猪尾巴、盐水鹅、烧鸡、酱牛肉、五香大肠、油炸花生米等数十种熟菜，菜品四周被灯光环绕，看上去卖相颇佳。其中，最热销的当是价廉物美的猪头肉，若是有人来买，笑容满面的摊主便切一块猪头肉，放在电子秤上称重后，拿到砧板上麻利地切成云片糕般的薄片，临了还拍两个蒜头，放一撮香菜在上面。摊主会按顾客的要求分割猪头肉，爱喝酒的总喜欢来一块不带丁点儿瘦肉的猪鼻子，按他们的说法是，猪天天活动的"拱嘴"，吃起来"活筋"。

　　卖猪头肉的人家，口味不尽相同，皆有独特的秘方，有不少还源自祖传，经过一代代人的研究和改良，老字号传人把猪头做成了绵软适口、百吃不腻的人间妙物。

猪头肉在百姓餐桌露脸是常事，偶尔在高档宴席露面亦无伤大雅，除了单吃，也能配蔬菜炒食，维扬地区很多人家就喜欢用猪头肉烧青蒜，待菜炒好入盘后，油汪汪一片，青翠欲滴，红白诱人，无须多时，一盘佳肴就在餐桌上消失殆尽了。

香瓜饼：甘甜似蜜清肺腑

在民间，立秋不仅是一个节气，还有一些习俗，很多地方就有"咬秋"的习俗，即在立秋当日以品尝瓜果的方式来驱散暑气，迎接凉秋。此刻吃上几只香瓜或是用香瓜制成的香瓜饼等美食，简直是一种享受。

每当立秋的清晨，总有三三两两的乡人挑着瓜担子，到闹市区寻觅一块空地，拉开担子两头编筐上的塑料膜，将一个个圆润润、水灵灵的香瓜展现出来，无需太多的推销，仅凭香气吸引人，香瓜很快会被销售一空。

对比其他的瓜类，香瓜的个头并不大，颜色多为青色或黄白色，一切两开时，像两顶倒放的瓜皮帽，挖去黏糊糊的带有一粒粒细长瓜子的瓜瓤，就可以食用了。香瓜虽然没有西瓜那么甘甜，但它脆嫩鲜香，让人口舌生津，有解热去暑之功效。

　　记得小时候，家住郊区，母亲看屋后有片空地，便种上一些蔬果，其中就有青香瓜。刚进入夏季，藤蔓丛中一只只拳头大小的香瓜便迫不及待地露出脸来。等到香瓜成熟后，母亲便摘下香瓜，除了自家食用外，还挑一些个头大点的送给街坊邻居，让大家也能享受收获的喜悦。

　　到了夏末秋初，香瓜藤上的一些香瓜又陆续成熟了，因先前吃了很多，香瓜已经吊不起我挑剔的胃口了。母亲忽生妙想，决定把香瓜加工成香瓜饼：将香瓜去瓤刨皮、切成碎末后放入搪瓷盆里，加上白砂糖、面粉、葡萄干及清水，调成面糊状。接着在铁锅内滴上菜籽油，用圆铜勺子舀上一勺，顺势摊平，再撒上少许青红丝，在不嫩不老时用铲子翻个身，顿时，高温的作用促使香瓜特有的芬芳溢满整个厨房。我站在一旁看得直舔嘴唇，恨不得上前拿起一块咬上两口。煎炸好的香瓜饼，外边金黄，可隐隐瞧见里面青绿的瓜肉粒。在做饼之余，母亲还会煮上一锅粏子粥。一家人围坐在桌前，喝一口清爽的粏子粥，吃一块香甜的香瓜饼，全家人的欢声笑语填满了整个小屋。

　　我长大后，在很长一段时间，因求学及工作的缘故，离开故乡，去异地闯荡。身处陌生的城市，每到立秋之时，我都会想到母亲制作的香瓜饼，虽然那座城市也能见到香瓜，但我买来后根据回忆做出的香瓜饼，却和儿时的

味道相差甚远。

现在离别母亲多年的我又回到故乡，母亲又为我做起了香甜可口的香瓜饼。品尝一块香瓜饼，往昔母亲在厨房操劳忙碌的情形历历在目。儿时的岁月已离我远去，而沉淀下来的母爱亲情，将永远贮藏在我心间。

十四、处 暑

煮菱角：碧花菱角满潭秋

处暑，有出暑，脱离炎热之意，在阵阵凉风的吹拂下，水乡也等来了菱角收获的季节。水乡姑娘们坐在椭圆形的木盆里，荡漾于布有鹅掌形菱叶和粉白色菱花的河塘上，她们一边唱着轻柔的小曲，一边用纤手采摘菱角。"小舟"在一簇簇碧绿的青萍间竞相划动，不时惊起一只水鸟飞向湛蓝的天空。

菱角，又名水栗、菱实。味美鲜香，是大自然赐予水乡的珍馐。菱角多产于富含有机物的河塘中，为青色的四角菱，个头虽不大，却是壳薄肉满。刚采下的菱角新鲜水灵，可作为水果生食，剥开带有刺角的翠衣，细洁光滑的纯白色菱米便呈现在眼前，咬上一口细细咀嚼，甜、鲜、香、脆交替在味觉里，糅合着河水清妙味的菱汁在嘴中肆无忌惮地弥漫，脆生生、甜丝丝的，即便下咽之后，依旧齿颊留香。

菱角最常见的吃法还是用清水煮熟食用，青色的菱角惬意地躺在锅中的"水床"内，在咕噜咕噜的"鼾声"中换上黄褐色的外衣。煮熟的菱角，肉质紧密，粉而不腻，是秋季里待客的上选佳品。

刚采下的菱角用生养它的洁净河水清煮，能把它的清鲜本味发挥到极致。有一年，我曾到郊外亲戚承包的河塘里去打捞菱角，菱角藤捞上来后，把藤蔓上挂着的四角菱摘下来，凑上半篮子后倒入锅内，加上清水放土灶上煮。煮后挑出菱角，咬开皮食用，能感受粉状的肉质充斥在口中的每一个部位，吃上十来只后，饱满的力量充斥全身。

父亲喜欢以菱角下酒。母亲把煮后的菱角剥开皮，取出菱米，切成两半，放到搪瓷碗里，用酱油、麻油、胡椒等搅拌均匀，盖上防虫罩，等收工回来的父亲下酒。父亲就着这酱汁拌的菱米下酒时，总一副惬意的表情，我在旁边看得眼馋，父亲会不时夹上几粒菱米喂到我嘴里。

菱米还代替过粮食，听父辈讲，以前家乡闹饥荒时，菱角曾被当作充饥之物，使许多人渡过了难关。如今，在这秋季里吃着水煮菱米时，我不禁想到那段艰难的岁月，想到那些在世或离去的淳朴乡亲，不管何时何地，我永远都要怀揣一颗感恩之心！

冬瓜海带汤：消暑白瓜亦解渴

处暑为夏秋换季之际，虽然告别了夏天，但有时气温也会高涨起来，面对不按常理出牌的季节，口感清新、水分充足的冬瓜是再合适不过的食物了。

在瓜品家族当中，冬瓜最为憨态可掬，它个头粗壮沉重，搬运颇费力气。气喘吁吁地从菜场上捧一只冬瓜回家，吃十天半月不成问题。

冬瓜外表多呈长圆形，皮色青翠深郁，切开后是洁白的瓜肉，中轴线瓜瓤部位则裹藏着若干浅黄色的籽粒。国人栽种冬瓜，可谓历史悠久，园艺学家吴耕民教授考证后以为"冬瓜原产我国南部及印度，主要栽培于东亚及非洲"。

冬瓜很早被人认可，与它易种植的特点有关。春秋季节，在田间、菜园里埋下种子，施上肥料，没几天，冬瓜就发了芽，继而生出绿油油的藤蔓。若是你偶尔忘了施肥浇水，它也会拼命地生长，这时可为它立个支架。有了支架的冬瓜躲避了害虫的侵扰，迅即环绕住支架攀登，在"日光浴"下尽情地绽放出粉黄色的花朵。

成熟的冬瓜表皮上有纤细的绒毛，间或有白粉状的物质，与冬季寒天所结白霜相似，因此冬瓜也被称作白瓜。冬瓜表皮的"白霜"是其分泌的蜡质，不起眼的它可是冬瓜的"守护神"，可以防止冬瓜被外界微生物侵害，也能减少冬瓜肉内水分的蒸发。

冬瓜名字中有"冬"，却在夏秋时上市，不得不说冬瓜是蔬果中的另类。更让人百思不解的是，看上去大腹便便的冬瓜，体内却不含一丁点儿的脂肪。在以肥为美的唐代，医学家孟诜就已认识到冬瓜的减肥功效，他在《食疗本草》中记载："欲得体瘦轻健者，则可常食之；若要肥，则勿食也。"现代研究证明，冬瓜中富含的丙醇二酸成分，能有效控制体内糖类转化为脂肪，因此现在有爱美人士，常把冬瓜榨汁加蜂蜜同饮。

冬瓜肉质疏松，适应炖汤，和它最投缘者，当属海带。夏日夜晚人们常会喝大量的水，第二日很容易出现水肿的情况，而海带可以起到消肿的功效。冬瓜和海带算是家常汤品，两者价格都极为便宜，做起来也不费事：去皮切块的冬瓜，水泡后剪成小片的海带，一起倒进油锅翻炒，翻炒片刻，加入开水煮，放一小撮细盐，无需其他任何调料。

冬瓜海带汤是地上良瓜与海里佳草的有机结合，冬瓜消暑，海带补碘，它们精诚配合，给人体带来了健康。

糯米香藕：雪藕调冰花熏茗

处暑过后，暑气慢慢消减，早晚特别凉爽，气温反差较大，"防燥、防寒、防暑"是此时养生的主旋律。精明的商贩适时地推出时令食品糯米香藕，现煮现卖，吸引了不少行人的注意，不一会儿，卖糯米香藕的摊前就排起了长长的队伍。

追溯糯米香藕的前身，要来到水乡，酷暑过后，萧瑟的荷塘下蕴藏着新的生命，水的洗礼，促发了初熟莲藕刚柔并济的性格。人们将采上岸的鲜藕切开后，能看到极为细微的光亮藕丝，吃起来清脆多汁，润泽口舌。

采藕的"采"，其实应该是带"足"旁的"踩"，顾名思义，藕是用脚踩出来的。采藕人把木筏荡到荷塘内，穿着连体的皮衣跳入河中，水漫溢到胸口，他们在行进中用双脚踩着塘底的藕，踩到后，顺脚把藕挑出淤泥，遇到根深蒂固的藕，还要用手扒拉。采藕人将出泥的藕简单清洗一下，放到木筏上，几个钟头下来，木筏便堆满了整齐白胖的莲藕。

关于藕的诗句有很多，清代大学士朱彝尊所作诗文《七月晦日赐藕恭纪》清新雅致，诗中有句"冰条玉笋净无瑕"，对藕的形容极为贴切。康熙帝看到这位翰林院编修编书辛苦，赐藕于他，朱彝尊对这份知遇之情很感动，便创作了此妙句。

清人袁枚曾言"余性爱食嫩藕，虽软熟而以齿决，故味在也"。秋藕的口感优势尤为突出，糯米香藕能将藕的味和糯米味相结合，但隐藏其中的水乡特质依然存在，可以说，历史悠久的糯米香藕，是水乡人民智慧的结晶。

为糯米香藕加分不少的，还有它那浓重的现场感。在集市的边侧，陶制的瓦锅腔上放着一口大铁锅，出摊时摊主已做好准备工作。他把洗净的藕切开，在藕孔里放入淘洗过的糯米，接着用竹篾竿把藕再重新穿好成型，放在大铁锅里，铁锅里有清水，还有桂花、红枣等配料，再以木柴头作燃料猛火水煮。煮好的藕段呈深褐色，切开之后，饱满的糯米晶莹剔透，香甜气能直接闻得出来，口感软糯酥烂，带着一丝甜，一点也不粘牙，兼具零食和主食的功能。

糯米香藕还有个俗名叫作烂藕，意指煮得很烂的藕，牙口不好的老人也是可以吃的。所以每到处暑，我都会吃上几段糯米香藕，以致后来，在读叶圣陶先生《藕与莼菜》中"偶然间被藕与莼菜所牵系，所以就怀念起故乡来了"之句时，我竟想到了总也吃不腻的糯米香藕。

十五、白 露

肉末茄子：乐而忘忧有紫袍

　　白露是夏天和秋天的分割线，它的到来标志着天气转凉，晚间，空气里的水蒸气化作白色的露珠，降临到草木之上，此刻田园里的紫色茄子也被露珠装扮得分外靓丽，这个时节的茄子，吃起来颇为鲜美，正如古人所评价的"味如酪酥也"。

　　关于白露吃茄子还有一个历史典故。据说，明初大将常遇春率大军攻下元大都后，手下一个士兵口渴，偷食了农户的香瓜，常遇春按军纪要把士兵判以死刑，农户求情说道："此时已是白露，香瓜已过时，这时偷瓜不算偷。"

于是，常遇春赦免了士兵，并以茄子犒劳士兵。后来就有了白露吃茄子的民俗。

白露吃茄子是有科学道理的，白露后，很多地方天气还很热，燥热的天气被形容为"秋老虎"，此时吃茄子，具有清热解暑的作用，同时还有预防胃病、保护心血管的作用。

茄子并不是金贵的蔬菜，幼时，尚未拆迁的外婆家有个大天井，勤劳的外婆开辟了一小处菜园，种植空心菜、辣椒、黄瓜、丝瓜、茄子等蔬菜。经过日光的拥抱，雨露的滋润，紫色的茄子花顶着带有绿色柱头的黄色花蕊，大大方方地亮了相。它优雅地绽放在枝头，连接茄子花的花托也是紫色的，只不过要更显得深沉些，在茄子花变成壮硕的茄子后，紫色依然是它生命的主基调。

蒸、炒、焖、炸，茄子可以做出味道不同的菜，最有文学味的茄子菜叫作"茄鲞"，它出自古典名著《红楼梦》，在刘姥老二进荣国府的时候，她吃到了茄鲞。这道菜就是把削皮的茄子切成丁儿，用油炸了，随后取鸡脯肉及香菌、嫩笋、蘑菇、五香豆腐干、各色干果等切成丁儿，和炸过的茄丁儿一起，拿鸡汤煨干，浇些许香油，然后用糟汁拌上腌了，装罐封严。据说吃起是米满口醇香。

茄鲞做起来毕竟太过复杂，也不一定好吃，我听女作家潘向黎讲课时说，她在某大饭店吃过完全按照《红楼梦》中描述的方法制作的茄鲞，但吃起来太过油腻，几乎没怎么动筷子，她认为曹雪芹在著书时，对这道菜难免有艺术加工的成分。

茄鲞也许只能是传说中的存在了，但是荤素搭配的肉末茄子倒是百姓们心仪的金牌家常菜。其做法是：将茄子切成丁儿，用盐腌制，再在锅内加油，放入葱姜及豆瓣酱等爆香，接着放入肉末、料酒及茄子，炒匀后加上白砂糖、生抽，收汁后即可享用。盛在瓷盘里的肉末茄子红黄相间，香味扑鼻，用勺子舀上几勺拌饭，特别下饭。

做肉末茄子，有两点要注意：一是茄子最好不要刨皮，富含多种维生素的茄子皮对人体健康大有益处。另外所选肉末还是偏瘦为好——这是从健康角度出发的。因为茄子比较容易吸油，这样能让人的身体少吸收一点油分。

在我看来，茄子还是乐观生活的道具，拍集体照时，摄影师让大家准备时，总喜欢指挥大家说"茄子"，念这两个字时能引导大家共同露出笑脸。而在白露吃完肉末茄子这道美食后，很多人也会露出舒心的笑容。

绿豆糕：绿意盈人味香甜

"蒹葭（jiān jiā）苍苍，白露为霜。所谓伊人，在水一方"，这是一首被现代人理解为追求所爱的情诗。具有诗意的白露节气里，品尝一些具有诗情画意的食品，感受食物带来的快乐的同时，还能细细品味其中的文化内涵，绿豆糕就是不错的选择。

绿豆糕是具有数百年历史的传统糕点，以绿豆为原料制成。绿豆糕的主料为绿豆粉，绿豆性味甘凉，具有清热解毒的功效，加工成可口的糕点，绿豆的营养和草本清香都可以保留下来。更重要的是，绿豆糕还蕴含着好彩头，"糕"和"高"谐音，有"步步高升"的寓意，绿豆糕带来的甜美和吉祥，是生活中百姓忘不了的温馨印记。

绿豆糕原只是端午的吃食，后来演变为夏秋季节的日常糕点，很多人在白露吃它，是因为看重了绿豆糕去暑毒、去湿邪的功效。白露前夕，很多人从五云斋、吉呈祥、魁星阁这些老字号茶食店中买来绿豆糕后，并不拆开油皮纸包装，而是直接存放在一种叫"气猫篮"的带盖的大肚竹篮子里，然后用绳索绑住篮提手挂到房梁，猫儿偷吃不到都闷了一肚子气，何况家里顽皮的孩童呢？其实这样做，是大人们想让孩子每天适量地吃上一点，他们自己是舍不得吃的。当孩子们放学做完作业，从父母手中接过一两块带有压花图案的绿豆糕，兴高采烈地跑到大街上，一边和伙伴嬉闹玩耍，一边往嘴中塞着绿豆糕，昏暗的路灯下，孩子们鼓鼓的腮帮子上泛出红润的光泽。

绿豆糕南北均有，有果仁、枣泥、豆沙多种馅料之分。作家汪曾祺先生认为在各地绿豆糕中，昆明的吉庆祥和苏州采芝斋的绿豆糕味道最好，油重，且加了玫瑰花。倘若汪先生品尝过我家乡泰州的麻油绿豆糕，我想或许他会将之推为一等。麻油绿豆糕，以饱满圆润的绿豆为主料，配以小磨芝麻油调配蒸制，吃在嘴里甜软细腻，一点也不亚于西点里的泡芙。招待远近来客时，上一盘方方正正、宛如墨玉的麻油绿豆糕，再来一壶茉莉花茶，宾客取一块绿豆糕于手，指尖已被绿豆糕上的油脂蹭得油亮，凑上前咬上一口，初嚼时便能感受到真真切切的甜，甜得让人不由自主地微闭着双眼，香甜通过味觉传递心中，客人打开了自己的话匣子，主人愉悦地回应着，脸上的笑容足以表明，以这样的茶点供奉宾客，是很能挂住面子的。

绿豆糕是糕点师妙手打理的产物。它把人们的饮食生活点缀得活色生香。静坐在白露的时光里，品尝这样曼妙细致的点心，回味岁月年轮中沉淀的往事，也是一种幸福。

桂花酒：欲买桂花同载酒

"秋风何冽冽，白露为朝霜。"秋风是凉爽的，但却隐藏着一股萧冷之气，在这样的天气下，仰口咕咕地喝完一壶时令的桂花酒，微醉中，凉风与体内的热情碰撞，身体好一阵子舒爽。

桂花酒是南方的名饮，喝桂花酒是人们秋日里必不可少的节日。人人喝到兴致浓时，会拿筷子到酒杯中蘸点酒送至小孩嘴中，看着小孩眯着眼、皱着眉的神态，大人忍俊不禁。笑语声中，月光给大地镀上了一层银白色的光辉。

桂花酒酿造佳期当在金秋之季：寻一粗干老桂，采摘其米黄色的花瓣，晾晒风干，入绵白糖搅拌发酵，掺和在米酒中窖藏，数月即可饮用。但若想喝到上好的佳酿，需要耐心地等上三五年。时光的淬炼下，桂花连同它自身的芬芳自觉地融解到酒液中，以一汪金黄色的温情去抚慰人生。

秋日的夜晚，和至爱亲人端坐室内，五六块月饼，七八枚香芋，十余片雪藕，加上各式水果，佐以桂花酒，合家欢聚一堂，赏明月，聊家常，也是人生一件乐事。飘荡在外、无暇归去的文人，抽个空闲，邀上三五好友，每人拎上一壶桂花酒，置身在植有花木的庭园，不受礼仪的拘束，可吟诗、可猜谜、可抚琴，更可开怀畅饮，桂花酒有推波助澜的效果，它滑过饮者的口舌，激荡着快乐分子。若干时辰过后，雅集散去，醇厚清远的桂花酒香却长久不散，诱得秋虫亢奋而鸣。

桂花酒的寓意也是极好的。桂花象征富贵吉祥、子孙昌盛，团圆之日饮几杯由桂花调配的佳酿，日后的生活想必也能锦上添花。单纯从保健角度来看，桂花酒自身蕴含的营养价值也不可忽视，古人认为桂花酒有"饮之寿千年"的功效，此言虽略显夸张，但不无科学道理，因桂花和米酒皆为性温之物，两者结合有化痰散瘀、美容养颜、养脾扶肝等功效。我的邻居顾老爹，年已90余岁，每日清晨他都会骑自行车去打门球，从闲聊中得知，他除坚持清淡饭食和运动外，每晚必饮二两桂花酒。硬朗的身体，敏捷的行动，让很多第一次见到顾老爹的人，都猜不到他的实际年龄。

不知何故，我在喝桂花酒时，常会想到两千多年前的爱国诗人屈原，想到他在《九歌·东君》描述桂花酒的诗句"援北斗兮酌桂浆"，诗人对这馥郁芳香的桂花酒应该也是情有独钟，结合诗人品性看来，把桂花酒称作"君子酒"也是名副其实的了。

十六、秋　分

蟹黄汤包：雪白大肚有乾坤

　　"秋风起，蟹脚痒"，到了秋分时节，活跃多时的螃蟹变得肥美起来，人们用各种方式食蟹，饭店也适机推出一些以蟹做成的面点，这其中以蟹黄汤包最受欢迎。

　　蟹黄汤包的"汤"，是以土猪猪蹄膀的厚皮和散养草母鸡为主料煨制的高汤冷却成果冻般的胶状物质，再掺入瘦多肥少的猪腿肉肉末、三两以上鲜活螃蟹的蟹肉、蟹黄搅拌成馅。上好的汤包对螃蟹的选择有严格的要求，靖江的玉爪蟹、阳澄湖的大闸蟹等都是上佳之选。

蟹黄汤包的馅料制作考究，包汤包也绝不能含糊。要把馅料均匀地包到擀得薄如蝉翼的面皮当中，且要汤包保持优雅的外观绝非易事。看一只只汤包很容易似的从师傅们手中包出来，但他们为了练就这绝活，不知花费了多少工夫。

包好的汤包呈扁平状，雪白晶莹，收口处的折皱均匀地铺开，犹如白菊绽放。将汤包摆上竹蒸笼蒸熟后，上桌揭开蒸笼盖，热气缭绕间，扁平饱满的汤包平躺在柔软的黑褐色松针上，糅合馅料的汤汁悄然地涌动着，冲撞着几近透明的面皮，汤包当中仿佛被灌注了一股鲜活的生命气息。

每逢秋分时节，我都会品尝蟹黄汤包，择一家老字号饭店，点上一两只汤包，喝一碗稠嘟嘟的红米粥，配一碟开胃的小咸菜，看似简单的餐品，有着美妙的味道。坐在店堂里，看着一长溜排队等汤包的顾客，和墙上贴的诸如"人等包子、包子不等人"的标语，不免忍俊不禁。

吃汤包切不可狼吞虎咽，有经验的吃客总结出的品食口诀是"轻轻提，慢慢移，先开窗、后喝汤"。意思是先把汤包轻轻提放到放有姜丝和香醋的碟子里，接着靠上前去，在面皮上轻咬一口吮吸汤汁。汤包的汤汁进嘴后略有些烫，但里面的蟹肉、蟹黄和猪肉末却恰好起到缓冲热意的作用，汤汁的大潮过后，馅心从中涌现出来，轻轻碰撞着牙齿，而被丰盈的汤汁浸泡过后的舌头，再品尝馅心，也变得更加鲜香起来。

蟹黄汤包的名声，离不开乾隆皇帝这位著名老饕带来的名人效应。相传，当年乾隆在靖江吃蟹黄汤包时，抓起汤包就咬，结果因吃得太急，导致汤汁溅到衣袖上，他在手上还抓着汤包的情况下，又抬起手臂，用嘴舔袖子上的汤汁，却不料汤包里的汤汁又甩了身后半背，从而留下了"乾隆吃汤包甩半背"的尴尬典故。由此说明一个道理，不管帝王将相，还是庶民布衣，美味面前，人皆平等。

蟹油：灿灿红黄岁月金

秋分时节，是蟹肉最肥美、也最滋补的时候，很多食客吃蟹吃出了感觉，还以蟹为原料，熬制成蟹油，作为烹制菜肴、下面煮粥的调味品。他们的实践印证了一句俗语——吃遍天下百样菜，不敌水中一只蟹。

做蟹油的最佳原料，当属簖（duàn）蟹。"簖"是由竹枝或苇秆编成的一种栅栏状捕鱼工具，围在水中，很像农舍前的篱笆，下方设有圆锥形簖篓，簖篓越往里口径越小，鱼虾蟹鳖一旦进入，就很难逃出。秋季，螃蟹从沟渠、河道准备游回到长江入海口交配产卵时，渔人就会拦河设置簖，螃蟹见前有

"卡口"，便改道向两边爬去，结果就掉到簖篓里。渔人在天晴的时候，会身着黑色橡胶衣下河收采簖蟹，通常半天收获上两三千克螃蟹不成问题。运气好的话，还能从簖篓中掏出一只大鳖。

渔人把鲜活的螃蟹放在箩筐里，拿到市面上出售，无需叫卖，便立马会有买主簇拥上来，看那挥舞双螯、口吐白沫的螃蟹，那新鲜自不必说，谁见着都会心生欢喜，称上几只。吃蟹的方法有很多，可用面粉包裹炒制作成面拖蟹；喜欢吃辣的人，可取干辣椒、蒜泥等配料和蟹烹制成香辣蟹。故乡人最喜欢吃蒸蟹，这种吃法保持了蟹的原汁原味，随着螃蟹在蒸笼里换上一身红袍，那蟹香味也就满屋子荡漾开来。此时盛蟹入盘，趁热掀开蟹壳，取出红彤彤的蟹黄、白亮亮的蟹膏，从蟹螯中剔出粉嫩的蟹肉，佐以姜醋蘸食，最好再来壶老酒，慢慢地品，细细地嚼，满齿间尽是鲜香，不知不觉间，一桌子已是吃剩的蟹壳。吃完了，空气中尚余丝丝缕缕的蟹香。

吃完螃蟹，还未过瘾的乡人就开始了熬蟹油，汪曾祺曾在散文《冬天》里写道："'蟹油'是以大螃蟹煮熟剔肉，加猪油'炼'成的，放在大海碗里，凝成蟹冻，久贮不坏，可吃一冬。"我见过母亲熬制蟹油，这简单的步骤做起来却很费事。母亲除了要赶早买几只大螃蟹外，还会去隔壁张家肉铺挑上一块上好的猪板油。螃蟹蒸熟后，母亲拆卸开螃蟹，用绣花针将蟹肉、蟹膏、蟹黄依次挑出，做完这一切，把洗净切块的猪板油放入烧热的铁锅里，并不时地用铲子翻炒。当锅中溢出猪油后，母亲便放入葱姜以及蟹肉、蟹黄、蟹膏，不大的工夫，油面上就飘起了油渣。母亲将蟹油倒入搪瓷罐冷却，凝固成脂的蟹油如田黄石般淡雅。熬油留下的油渣，母亲会搭配些小青菜一起烧汤，碧绿的青菜糅合了猪肉的荤香和螃蟹的鲜味，吃在嘴里很脆爽可口。

现在有了冰箱，蟹油的保存时间更长了。故乡人用蟹油炖汤、烧菜、熬粥、做包子馅，即便下一碗阳春面时，也要挑两勺蟹油来吊鲜。来了贵客，甚至还会用白嫩的豆腐和蟹油一同入菜来招待客人，菜名就叫作"金玉满堂"，"金"自然是指黄灿灿的蟹油，有了这道寓意吉祥的美味菜肴佐酒下饭，宾主间的情谊也就更为浓厚了。

醉蟹：双螯拗折香珠秫

秋分，是秋季的高光时刻，此时蟹肥菊黄，品蟹赏菊是文人圈内盛行的雅事。在如此美妙的雅事之中，酒是少不了的助兴之物。有文士不胜酒力，又喜食蟹，醉蟹便满足了他们的愿望。

早在明初，醉蟹就出现在百姓的餐盘之中了。清代著名诗人赵翼在品尝

醉蟹后，简略记载了醉蟹的制作手法："泰州人贮甘醴，投蟹于中，听其醉死，谓之醉蟹。味极佳。"

醉蟹是以米甜酒配上淡水蟹醉制而成，泰州兴化的中堡镇醉蟹曾亮相1915年巴拿马国际博览会，醉蟹当时与贵州的茅台酒一起获得了赛会金奖，只不过听说茅台酒是摔破后酒香引起评委的关注才获奖的，而醉蟹据说是由当时的农商总长张謇推荐后获奖的。虽说获奖途径不同，但总算都为国人挣得了面子。

原料天成味自佳，这些活跃在芦苇荡下，饿了就吃螺蛳小鱼的"铁甲将军"，个个生得膏肥肉丰，卵黄盖顶。我曾在中堡镇见过醉蟹的制作过程：先将捉到的螃蟹中选出重100克以上的螃蟹在池中养两天，让蟹自行清除腹中的污物，之后把蟹洗干净，投入盛满米甜酒的陶瓦缸，加上秘制的十多种配料封存一个月。期限一到，便把醉蟹连同米甜酒装入古色古香的坛子密封起来。

吃醉蟹时，视觉、味觉、触觉都会得到充分地享受。打开坛盖子，首先就会有一股混合酒味和蟹鲜的香味扑入鼻中，用筷子把蟹夹出来，那螃蟹还保持着在自然界张牙舞爪的神态。把醉蟹盛入碟中掀开蟹壳时，会看到蟹爪内的蟹肉透明得像白玉，蟹腹中的蟹膏莹润似琥珀，蟹黄璀璨如蜜蜡，令人食欲大开。此时若拿起醉蟹轻轻吸吮一口，鲜香的蟹黄、腴爽的蟹膏、滑嫩的蟹肉，伴随着醇香的酒汁，缓缓流入咽喉。留在齿颊之间的，是那久久飘荡的异香。难怪唐鲁孙在客居中国台湾后，对醉蟹一直念念不忘，在书中称其肥腴鲜嫩、膏足黄满，不仅是下酒的佳物，更是啜粥的妙品。

相比醉虾，显然醉蟹的保存期要更长一些。当然，秋分吃醉蟹最为美妙。伴着习习凉风，吃着醉蟹，赏着秋菊，喝着美酒，心底美意衍生，秋日的光彩更加灿烂了。

十七、寒露

咸脆花生：江南江北荻花生

农谚说"寒露收豆，花生收在秋分后"，花生是寒露前后的时令食物。它具有滋阴润肺、抵抗肠道病毒的作用，在天气干燥的寒露时节，吃点花生对人体大有好处。

花生是下酒菜的首选，台静农先生曾戏言，花生佐酒，谓之"吃花酒"。吴祖光先生回忆幼时经常见隔壁拉洋车的大爷以白干酒佐花生米，香味让他始终回味。

花生能体现自然之妙，生于土地下，但壳内仁米却丰满白胖。花生米紧

贴红衣，似为"以肥为美"的盛唐仕女，红衣养眼养人，有补血的功效，然而因其有轻微苦涩感，故有人吃时将其舍弃，而将其加工成咸脆花生后，花生米便营养美味共存了。

寒露之时，是制作咸脆花生的佳期，其操作快捷简单：花生米用盐水浸泡后晾干，上锅炒制。盐的直接灌输，让花生米的红衣黯淡，层层雪霜让它多了几许深沉的意味，这种深意需以嘴巴体会、心灵感受，两味在友好的氛围里结合，在口腔内一起放大芬芳。

香浓不可言表的咸脆花生，每当我品尝时，心里便泛起阵阵涟漪。小时候，下午常和祖父去老街的澡堂泡澡，归途中，他常到魏老头的小食摊上买一包咸脆花生，我问过祖父为何不到家门口的国营食品店购买，祖父回答，魏爹爹没有劳保，要多多照顾他。买来的咸脆花生是祖父晚间小酌的菜品，祖父饮酒很慢，夹一粒花生，呷一口小酒，那酒杯上有粉彩的喜鹊登梅图案，祖父一拿一放间，喜鹊也好像欢快地跃动。喝到兴头上，祖父会轻闭双眼，轻晃着头，哼着小曲，眯成一条缝的眼睛和白眉、额头的皱纹似乎组成了五线谱，里面有着无限惬意的音符。偶尔，他银白的胡茬还依附了花生衣的残屑，看似滑稽的场面却温情弥漫。

祖父是在94岁过世的，他在生命的最后阶段，已经神志模糊，不再认识

家人，对酒也失去了依赖，但咸脆花生还是爱吃的，咯嘣咯嘣地嚼着，一如既往地慢条斯理，时不时地抬起头来，像个顽童似的看着我们，流露出满意且幸福的笑容。那一刻，我发现他的眼睛里竟有湿润的光泽，他的思维已脱离了生活，但通过咸脆花生，却能够与后辈有简短急促的交流。

咸脆花生的名字把本味直白地呈现，其个性有如包括我祖父在内的万千淳朴的民众，它无疑是坚果之王，朴实无华又普通，却能够静心体会世间的变迁。

菠菜汤：雪底菠薐如铁甲

《月令七十二候集解》中"九月节，露气寒冷，将凝结也"之句，说的就是寒露时节的天气。时处深秋的寒露，菠菜大量上市了，菠菜有养生之效，特别有助于睡眠。

菠菜的"菠"，指的是它原产于西亚的波斯地区，菠菜自唐初传入中土后，尽管有赤根菜、鹦鹉菜等别名，但菠菜的叫法一直流传至今，南北通用。

翻阅菠菜的家谱，它的根系直达美国，风靡一时的美国动画片《大力水手》中，那位整日叼着烟斗的水手只要吃了菠菜，就能补充力量，瞬间变得力大无穷，这一情节，当然纯属虚构。但菠菜中所含的一些元素确实具有调节神经、增强耐力的作用。

菠菜红根绿叶，根叶似乎是有着手足之情的"红男绿女"，出于田园，英俊俏丽，本质淳朴，两者都符合大众的择偶标准，它们过起日子来，也是甜甜蜜蜜，这是菠菜天生的甜性使然，菠菜的甜属于甘甜，与蟹肉的鲜甜、打霜青菜的粉甜有所区分，其根甜度尤甚。

我小时候很不爱吃菠菜，因为吃菠菜时，有一种放大的涩嘴感，这种感觉是由菠菜里的草酸引起的，草酸和人体内的钙结合后，能成为一种妨碍人体对钙吸收的草酸钙。其实也不要紧，蔬菜和人一样，哪有十全十美的呢？只要烹饪得当，完全可以让菠菜发挥最大的营养功效。

我认为菠菜是一种很容易种植的菜。孙犁的小说《婚俗》中那位身处低潮的老革命是把菠菜、茴香、小葱种子混在一起撒在畦里种植的，为何如此？答曰：哪个先出吃哪个。虽只轻描淡写，但意味深长。蔬菜顽强的生命力似乎衬托出了主人公的乐观与豁达，简单的生活一样可以安逸自在。

寒露时节的南方乡村，雪花给菜田披上了一层白色的棉被，富有激情的菠菜竭力探出绿色的头颅，探望洁净的世界。农人手持小铲，挖出菠菜，把它装进箩筐去集市售卖。青翠的茎叶，艳红的菜根，卖相颇俏的菠菜分外热销。人们将菠菜买回家，习惯烧一锅菠菜汤，有了汤水的浸润，菠菜显现出了稠绿，夹上一筷子菠菜送入口中，清脆里透着鲜味，还有若隐若无的甜意，再喝上几口热汤，便会感到浑身暖和。

在寒风凛冽的野外，一个旅人急匆匆地赶路，突然间他看到前方的小木屋里散发着橘黄色的灯光，上前敲门说明来意后，主人热情招待，端上一碗菠菜汤面。旅人谢过后，仰着头"咕噜咕噜"喝下，此刻一股暖流汇聚心田，一切寒冷终将散去。

辣椒酱：椒浆暖意恰温火

"寒露至，冷风吹"，寒露的冷风如刀子一样呼啸而至。这时男女皆宜的御寒食物，当首选辣椒。

人们以吃辣的方式御寒，辣椒酱最受欢迎，买回数十斤火红而弯长的红辣椒，最好是红色牛角椒，口味没有朝天椒那么辣，同时还带有一点甜味。

先要挑出混杂在牛角椒里面少许青红的圆椒，圆椒饱含水分，辣性有限，切丝炒茶干或肉片，色彩丰富，颇为悦目。圆椒尽管还保持鲜脆，但辣味已消失殆尽了，这不免让爱辣人士扫兴。

做辣椒酱时，先洗净红辣椒，再晒干去除椒蒂，然后剁成小丁，放蒜泥和精盐，置锅里温火小煮，煮时需拿筷子搅拌，以防粘锅，煮到辣椒黏稠且表面冒着气泡的时候再熄火冷却。冷却后，将辣椒装进闲置的玻璃瓶罐，浇上一层滚热的菜籽油，拧紧瓶盖，于阴干处保存。制作辣椒酱，也是一个磨炼意志的过程，手接触辣椒后会有灼热感，以冷水冲洗也不见效。此时若以食醋涂抹、热水浸泡可缓解辣意。

付出代价、付出劳动做成的辣椒酱，吃起来别有滋味。可用它拌米饭、面条，主食中有了辣椒的渲染，色泽红艳，就像万物生长依赖的太阳，让天地有了生动之色。它的味道劲爆、火辣，吃得人从额头到鼻尖都沁出细细的汗珠，不亚于做了一次蒸气浴。

上好的辣椒酱，辣椒颗粒大小均匀，闻上去有一股醇厚的原野真味，这和森林里厚厚腐叶下生长的蘑菇味道有一点相像。品尝后，会发现辣椒酱里

还有一丝酸味，但它的辣味依然很浓，即便被主食包裹，还是能探出头来刺激味蕾，酥麻感指导咽喉加快了吞咽速度，一路播撒着温暖，即便到了胃里，依然温暖如初。

辣椒酱里加各式佐料、注入清水，就变身为一种叫作"水大椒"的调料，就是这看上去很不起眼的红色汁水，却在街头大放异彩——豆腐脑、杂粮饼、臭豆腐等小吃都是离不开它的。比较有代表性的是油炸臭豆腐，将泡在芥菜卤中的臭豆腐炸得焦黄酥脆，用竹签细棒串上十来块，均匀地浇上一勺"水大椒"，金黄色的干子发出轻微的"吱吱"声，向空中鼓吹着热香气。对准一块臭干，用牙齿在上面开一个小口，发现臭干白嫩的内瓤也已渗透入"水大椒"，嚼着外脆内嫩的臭干，不时有微辣的汁水从牙缝里挤出来，是一种绝对奇妙的享受。

近来随着川菜红遍天下，辣椒酱的应用已扩展到菜品范畴：一锅牛油构成的麻辣火锅，一盆混合着鸭血的毛血旺，抑或是水煮肉片、麻婆豆腐这样的川味菜肴，都因辣椒酱的陪衬，显现出热烈的火红。这种火红，不是陕北窑洞里的点点灯火，而是火把节上的熊熊火焰，不经意地拉近了寒露与暖春间的距离。

十八、霜　降

山药粥：山药依阑出

　　霜降是秋季最后一个节气，天气不仅寒冷，而且干燥，此时要适当吃一些调养脾胃的粥品。

　　山药最显著的功效是健脾益胃、滋肾益精。山药宛如水管，呈土褐色、外皮长有须根，皮上依附着泥土，酷似从深山老林砍下的柴木，一般是十多根整齐地扎成一捆出售。它是蔬菜当中的宠儿，这年头，人们吃腻了大棚蔬菜，名字中带着"山"啊"野"啊的食材成了市场上的抢手货，原本不起眼的山药也赶着这股时髦，风风光光地跃上城市的餐桌。

山药有淮山药、铁棍山药、毛山药等品种。有一次，我买了一捆山药拎到家，母亲看了说是铁棍山药。我仔细地打量起来，山药黄褐色的表皮除分布着细小黑点外，还长着丝丝根须，乍一看，还真有点像有着锈迹的铁棍。

吃山药最简单的方法是连皮洗净后，切成小段，直接上锅蒸熟，吃时蘸槐花蜂蜜，绵软香甜，营养美味。山药和花生、玉米、红薯、胡萝卜、芋头、毛豆一起混蒸是宴席上比较流行的吃法，美其名曰"五谷丰登"，赏心悦目的色彩和原汁原味的口感，能充分调动起你的味蕾。

去皮的山药洁白无瑕，隐现着丝丝脉络，母亲除了喜欢将山药入菜外，还熬山药粥给我吃。很多养生粥需要山药来中和陪衬，山药粥在民间被称为神仙粥，营养特别丰富。

母亲会在夜晚临睡前将山药和粳米处理好后倒入锅内，用小火慢慢熬煮。到了早晨，便满屋芳香，揭开锅盖，热气扑面，山药已是烂熟，添一勺红糖，搅拌均匀，盛到碗里，吃上一口，身体瞬间充满暖意。

为了让我不至于吃腻，母亲还变着花样熬山药粥给我吃，比如赤豆山药粥、白果山药粥、山药萝卜粥、山药南瓜粥、山药排骨粥等。这些山药粥口感不同，各有特色。我尤其心仪的是母亲熬煮的一道多味山药粥，里面有桂圆、枸杞、莲子、五味子，闻起来带有一种草木芬芳的气息，吃到嘴里带有一丝浅甜。按母亲的说法是，此粥有安神益智、缓解疲劳的效果，尤适合脑力劳动者。

身兼中药和蔬菜于一身的山药，性温和，虽有"药"之名，却无药之苦味，细腻爽滑的它适宜各类人群。让我明白具有保健功效的良药，未必就是苦的滋味。

青菜汤：朴素青翠映眼帘

冰霜悄然降临到大地，给菜园里的青菜披上了一层淡淡的白衣，这"白衣"更是一味无法制作的天然调料，让青菜的味道有了显著的提升。打霜后的青菜，菜里面的淀粉转化为糖，骨子里渗透出自然的粉甜，故被称作为"霜打菜"。

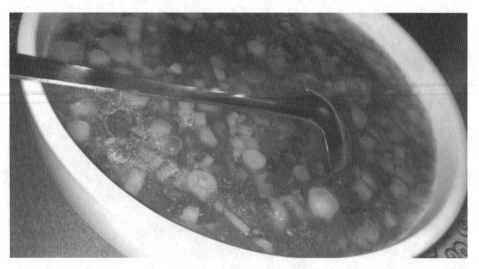

青翠水灵的青菜，一年四季都可以看到，它的生命力也很顽强，终日绿意盎然，不像一些娇贵的反季节蔬菜，脱离了大棚就耷拉下脑袋。青菜在郊野很常见，在河岸边，农舍旁，都能见到三三两两脱离"大部队"的青菜，它们多长得矮壮、粗实。

得到阳光和雨水双重滋润的青菜，在霜降到来后，着实经历了一番考验，在霜降的侵扰下，它们斜歪着身体，菜叶下垂、翻卷，裸露在外的菜帮子还挺着白色的肚子，像是练习缩骨功的武林高手，这"高手"练功并非显摆，而是把好味道精心贮藏，在人们需要的时候奉献出来。

霜打青菜吃法多样，可以切碎入盐，挤干水分，搁上麻油拌匀。还可以把青菜和口蘑等菇类搭配，烧至八成熟即可，出锅后的青菜看上去颇为养眼，绿油油的质态和丝丝飘散的蔬香弥漫餐桌，夹箸细品，青菜鲜脆，口蘑滑嫩，顿觉神清气爽。

当然，青菜主要的做法还是入汤。将洗净的青菜切开入锅，油炒后加水，煮开后加点盐，没有太多的技术难度，味道也近乎天成。但不可把它过分地炖煮，一定要保持着那股清脆口感，吃几筷子青菜，再用青菜汤泡饭，扒完米饭，咕咕地再喝上几口菜汤，身体便有了能量。

青菜汤还可以有多种吃法，加点面条，舀上一小勺荤油，便轻松地解决了配菜和主食的问题。如果在汤里加点肉片或小排，这时的青菜就变成了配角，却不可或缺，有它便瓦解了油腻。

吃青菜汤火锅也是好选择，烫点牛羊肉片、菌菇、豆制品及其他蔬菜，立涮立食，可舒心养胃，抵御寒冷。作家梁实秋对青菜火锅有着特殊的情感。

1940 年 1 月，他在慰问抗日名将张自忠时，军队招待他的就是豆腐青菜火锅，简单的食物，却是当时"司令部里最大的排场"，这样的招待和以身殉国的张自忠一样，让梁实秋永生难忘。

青菜是接地气的蔬菜，康熙年间的廉吏于成龙有别号"于青菜"——他每餐多以青菜为主；七品县令郑板桥也有"青菜萝卜糙米饭"的联句。而霜降后的青菜，有更为清苦的感觉，伴随着人间的平凡烟火气，历久而弥香。

清炖狮子头：补中益气狮子头

"一年补透透，不如霜降补"，霜降是补养的好时节。鲜香丰腴的狮子头，是此时的补养佳品。饱满的狮子头，摄取了传统文化中的狮首造型，晚清举人徐珂在《清稗类钞》记述："狮子头者，以形似而得名，猪肉圆也"。

狮子头发源于隋代，名字却起源于唐朝。传说隋炀帝沿运河到扬州看琼花时，对当地葵花岗等四个景点念念不忘，回宫后，命御厨以景点为题做菜，其中以葵花岗为题所作的"葵花斩肉"，深受君臣好评，这就是最初的狮子头。到了唐朝，郇国公韦陟设宴招待宾客，主厨做了"葵花斩肉"，宾客看到盘中肉丸美轮美奂，真如雄狮之头，纷纷叫好。韦陟便将之命名为"狮子头"，从此狮子头便闻名于中华饮食江湖。

吃荤之人，十有八九都爱吃狮子头。狮子头的原料最好选择肥瘦均匀的猪肉，具体根据季节略做调整，冬天是七肥三瘦，夏天是六肥三瘦，以适应人们的口味变化。其做法是：将细切粗斩好的肉末，入葱姜、蛋清、淀粉等搅拌，有好吃佬喜食肉又担心体重增长，就放上荸荠、萝卜末、香芋泥等，大腹便便的狮子头来者皆纳，肉香中又添了九分蔬香。

将调好的肉馅团成幼儿拳头般大小，可清蒸煲汤，可油炸红烧。我觉得清炖味最佳，再配上青菜、白菜等蔬菜，文火细炖，原汁原味得以保留。揭开枣红色的紫砂锅盖后，锅内的狮子头油亮肥胖，下面铺垫着蔬菜，锅内的汤汁"咕咕"地冒着小泡，热气徐徐上升，让人直流口水。

吃狮子头一定要斯文，用筷子夹取一小块至口中，慢慢消磨，根本不用太费力，狮子头已软绵绵地躺在牙床之中，浓情香凝。

水鲜和狮子头融合能产生惊艳之味。某次，友人洪大厨以长江鲫鱼丁混合肉末，做了一道清炖鲫鱼狮子头让我品尝。此菜整体丰腴似玉，味道软嫩可口，鲜爽之极，唯有母亲秋季烹制的蟹粉狮子头可与之媲美。

第四辑

冬

　　皑皑白雪，瑟瑟寒风，这是冬天的主色调。雪飘落至原野，风过滤了空气，为一些生灵找到了安眠的理由。对于人们来说，冷说天下了滚烫的、拼搏的心，人们以饮食来慰藉生命，让每个季节都以多样化的姿态迎接美好的明天。

十九、立 冬

羊肉汤：寒羊肉如膏

立冬，是大家非常熟悉的节气，立冬也是节日。在这一天，季节更替，正式进入冬天。既是过节，就要有美食点缀，羊肉是立冬露脸最多的食物，据说汉代就有这样的习俗了。相传立冬这一天，汉高祖刘邦吃了樊哙烹制的羊肉，觉得特别好吃，于是他每年立冬都会吃羊肉，民间纷纷效仿，从此以后立冬吃羊肉就成了雷打不动的习俗。

立冬后的羊肉汤是最火的，此时街上大大小小的羊肉馆，生意渐渐红火起来。羊肉养生的道理人人皆知，可它的美味才是让众人真正臣服的原因，

能在"鲜"字中占据半壁江山，羊肉汤之美味毋庸置疑。

很多售卖羊肉汤的馆子是昼夜营业，这让凌晨劳作的人们有了歇脚的驿站。某次我加班到深夜，归途中闻到一股浓烈的香味，顺着香气望去，见是路边开的一家羊肉馆。热气环绕间，店主正拿着木柄黄铜汤勺往碗中舀汤，旁边则站着多位食客。这番热腾腾的情景吸引着我快步走上前去，加入人丛里面。

等了十余分钟，我赶紧找一座位坐下，随后一大海碗乳白色的羊肉汤端到我面前，不住飘散的香味让我心旌摇动。蹭得油亮的长方桌上摆着细盐、香醋、辣椒酱等调料，供食客随意添加。我撒了些胡椒粉，加了些增添热劲的辣椒酱，拿筷子一搅拌，钻到鼻子里的热香气诱使舌底下冒出一股幽泉。我把碗挪向桌边，略吹去热气，凑上前呷一口，汤汁在慢慢下咽后，趁势夹一块带皮羊肉入嘴，嚼上几下，味觉上迅即留下了美味的印记。

看着客人吃得十分惬意，忙里歇下来的老板不由喜笑颜开，他说："我这食材原料，是苏北大丰海滩的山羊肉，加花椒八角等大火炖煮，煮时撇去浮沫，不加添加剂，绝对是新鲜、健康的绿色食品。"旁边一食客点着头说："一点腥味儿都没有，肉烂汤浓，又好吃又带暖。"店主听后，兴致更浓，说："给每位顾客再赠送一盘烧饼，不够来加汤啊……"

吃了大半碗羊肉汤泡烧饼，浑身散发的热气好似在体内安装了一只"汤婆子"，把前来侵扰的冰冷拒之门外。忽然间，我想到历史上的一个故事。据说是战国时期，中山国君请国都的士人吃饭，大夫司马子期由于没分食到羊肉汤，一气之下跑到楚国，劝楚王攻打中山国。后中山国战败，中山国君在逃亡中，有两个人提着兵器在他身后保护，中山国君询问后得知，原来两人之父饿得快死时，是中山国君给了他们食物。其父临死前嘱咐，你们要为中山君效死报恩。中山君听后，仰天长叹，说："施舍不在多少，在于他人危难时；仇怨不在深浅，在于伤了他人的心。羊肉汤让我亡国，施舍让我得到两个义士。"至于中山君的结局，故事中并无交代，但这个故事多少也能给人们一些启示吧。

土豆烧牛肉：营养滋补供馋嘴

立冬到来后，天气逐渐寒冷，每每这时，人们就要适当地进补，以提高身体抵抗力，抵御寒冬。但立冬不宜大补、不宜过补，吃牛肉，是一种很好的选择。

到了立冬之后，我经常做土豆烧牛肉，土豆烧牛肉没有太多的辅料，选

取乒乓球大小的土豆，刮去皮倒入已炖至八成熟的牛肉锅中，添几个红辣椒，放几片胡萝卜，加老抽，放少许白糖，烧至烂熟，从浓稠的酱汤汁里挑土豆和牛肉品尝，土豆酥软轻咬即化，牛肉鲜美不塞牙，香辣里传递着些许胡萝卜的甜意，和米饭搅拌在一起更为好吃。

土豆烧牛肉的味道是一种叠加的美味，赤酱浓汤间，它们保持着清醒，之间没有相互窜味，土豆和牛肉同食，牙齿咀嚼间，土豆的糯和牛肉的纤维各有界定，土豆和胃调中，牛肉亦可暖胃，二者搭配食用，能提高肌体的抗病能力。

牛肉被誉为"肉中骄子"，土豆被誉为"地下苹果"，它们都是高热量的食物，有了它们的滋补，立冬的生活也会温暖如春，有滋有味。

柴火馄饨：万般滋味肚中藏

馄饨这种食物深入人心，它从北方传至南方后发扬光大，不仅有了繁多的制作工艺，也有了云吞、抄手、扁食等名号。旧时的南方，每当立冬后，街头上总有一些挑担子卖馄饨的小贩。这样的馄饨现包现煮，随卖随吃，有时候板凳条桌都坐满了人，来得晚的食客只好站着吃，但这丝毫不影响他们的心情。这种挑担售卖的馄饨因以木柴为燃料，故叫作柴火馄饨。

当时的百姓无论贫富，只要冬季到来，饭桌上是少不了柴火馄饨的。贫民把吃馄饨当作打牙祭，凑上几个铜板买来的一碗馄饨，全家每人只能分食几只，但这浓浓的亲情却值得铭记。

柴火馄饨的担子，现在虽然见不到了，但柴火馄饨的小店，还在深巷里吸引着食客前来一饱口福。立冬过后，狭小的馄饨店门前人声鼎沸，锅灶就架在店门口，香味就在路边飘荡，排起长龙的人们，拿着锅碗瓢盆耐心等候。的确，在生活水平大幅度提高的今天，柴火馄饨既省钱又省事，但它的工艺却不能省略，那薄而透明的面皮，不知用擀面杖擀了多少次；那细腻的嫩红色肉馅，不知用菜刀剁了多少遍；即便那用作底料的秘制汤汁，也不知在煤炭炉上熬了多少个时辰。

面皮、肉馅、汤汁准备完毕并不算技术，包馄饨和下馄饨更有技术含量。熟练的店家手持一张面皮，拿竹刮子挑起一小撮肉馅揉入馄饨皮中，手微微用力一捏，一颗小巧玲珑的馄饨便诞生了。包上二三十个馄饨后，店家便将馄饨倒入热水锅中。那锅下的炉灶里，柴火烧得正旺，两三分钟后，白里透红的馄饨便从水中漂浮起来，那模样，像水中盛开的娇嫩荷花。

馄饨盛到碗里后，趁着热气氤氲时，再撒上些香菜末，在掺杂着油渣、蟹黄、虾子等配料的汤汁的映衬下，馄饨好看且好吃。用小瓷勺捞起一只面柔馅嫩的馄饨品尝，真是鲜美到极点。有的食客闷着头吃完馄饨，还不过瘾，把半碗汤汁也喝得一滴不剩，看着白花花的碗底，拍着圆滚滚的肚皮，心灵和胃口均得到了满足。

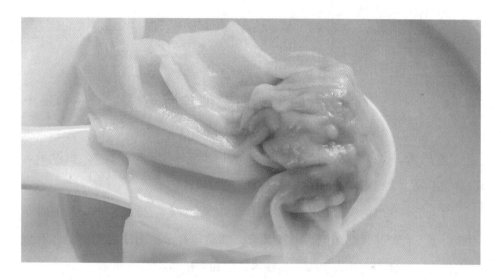

二十、小 雪

水煮白菜：白菘似羔豚

"小雪来，出白菜"，雪是小雪节气的主题。小雪带来了寒冷，也带来了白菜的丰收。清白可人的白菜，有强身健体的功效。

白菜总显现出清新淡远的模样，用荤菜、素食和它搭配，它安逸地固守本味，绝不会窜味，吃来似乎平淡无奇，细品却有清新润泽之气，少食不会让人挂念，多食不会让人生厌，品性尽显中和之精髓。

虽说淡泊，但白菜却被世俗化地演绎、利用，民间取其谐音，称为"百财"，寓意大富大贵，台北故宫收藏的翠玉白菜即取此寓意。

白菜一副心宽体胖的姿态，让人心里多了份踏实。旧日小雪节气后，白雪封地，蔬菜奇缺，各家各户早已做好了"战略储备"，全家齐上阵，推着三轮车，从菜市场上买回几蛇皮袋的白菜作为冬储。白菜虽然耐放，但贮藏条件也有讲究，一定要放到冷热适宜又通风的地方：太冷，白菜叶子会冻了蔫软；太热，白菜会烂掉；不通风，白菜又会生黑斑。因此白菜一般会被放到厨房、阳台楼道口。白菜的大批量采购，让主妇省去不少买菜的时间，她们便花足心思做出多种白菜佳肴，让一家人吃得满面春光，心满意足。

白菜古名为菘，南齐陶弘景说，"菜中有菘，最为常食"。北宋大文学家苏东坡又写有"白菘类羔豚，冒土出熊蹯"的诗句，将白菜比作了羊羔和熊掌。能发挥白菜至简之味的菜肴，要算水煮白菜：将刚从泥土里挖出的白菜剥下外衣，只留下拳头大小的内芯，经过高汤浇淋等复杂步骤完成，浸润高汤后的白菜如莲花般盛开在碗中，用筷子夹扯下一块白菜叶放在口中，有松软、柔嫩之感，又隐含着铮铮清脆。

以前在成都老字号卤腌店盘飧市，我看到店中挂着"百菜还是白菜好，诸肉还是猪肉香"的对联，联文为川菜理论家肖崇阳所撰，大意是白菜是蔬

菜里的冠军, 猪肉是肉食中的翘楚, 所以在水煮白菜里再放些鲜肉片, 味道就要更胜一筹。

小雪时节, 寒意向我们袭来, 而水煮白菜却给了我们几分欣喜, 慢慢品味, 你能感受到它的平淡之美和它质朴的光辉。

蜜汁南瓜: 爽滑甜糯解人馋

南瓜为一年生蔓生草本植物, 外表敦实, 在古代有 "瓜瓞 (dié) 绵绵" 的象征, 寄托着人们子孙昌盛、兴旺发达的美好祝福。 "节到小雪天下雪", 在小雪时节吃南瓜正当时, 不仅能讨个好彩头, 同时还对身体有益, 起到健脾养胃、杀菌解毒的效果。

南瓜原产于墨西哥、中美洲一带, 在中国, 南北各地现已广泛种植。因是外来物种, 所以南瓜也被称为番瓜、倭瓜。倭瓜的名字还在古典名著《红楼梦》中亮了相, 刘姥姥说了句 "花儿落地结个大倭瓜", 一个 "大" 字凸显了南瓜顽强的生命力。南瓜落户中国后, 在各地繁殖生根, 甚至在无人看管的野地里也能看到它的身影。在南瓜的成长过程中, 会有虫类侵扰其茎叶,撒上生石灰后，虫类便逃之夭夭。南瓜完全不需农药对付病虫害，保证了它的绿色健康基因。

大大咧咧的南瓜，叶片宽，茎根粗，花朵大，分雌雄两花，雄花花瓣为五角状，黄灿如金，形似喇叭，中有长柱形的花蕊，开得热情奔放。雌花半开半闭，如娇羞的闺阁女子，悄悄隔着门帘打量上门提亲的郎君。不知何处飞来的蜜蜂、蝴蝶盘旋于南瓜花瓣之上，间有一两只胆子大的蜜蜂钻入雌花中，驻足在雌花四瓣形的花蕊上，很快又飞出来，向下一个目标进发。

借助蜜蜂、蝴蝶，南瓜完成了授粉的程序，不经意间，拳头大小的南瓜就布满藤蔓。待它慢慢地长大成熟，被人吃力地抱起，心中是满满的收获之喜。

南瓜在灾荒年时可代替粮食，也可当作菜肴、零食食用。清人高士奇《北墅抱瓮录》中载："南瓜愈老愈佳，宜用子瞻煮黄州猪肉之法，少水缓火，蒸令极熟，味甘腻，且极香。"在这个方法上加以升级，就产生了蜜汁南瓜这道甜食。

蜜汁南瓜制作起来相当简单：将去皮的南瓜去馕，切成小块，放置蒸笼蒸熟。然后在锅内放少许油，加水和蜂蜜，熬成黏稠的浆汁，浇在南瓜上即

可，浆汁渗到南瓜当中，清甜里包含蜜甜，浆汁也为南瓜镀上了水亮的光泽。

小雪时节，看窗外白雪皑皑，品蜜汁南瓜，美食美色让心情也变得安逸、清爽起来。

拔丝荸荠：地栗何足数

小雪节气到来后，温度骤降，东北风阵阵刮来。天气不仅让人感到寒冷，更容易上火，此时可以品尝清泻内火的荸荠。

荸荠在明代李时珍《本草纲目》里就有描述："生浅水田中，其苗三四月出土，一茎直上，无枝叶，状如龙须……其根白蒻（ruò），秋后结果，大如山楂、栗子，而脐有聚毛，累累下生入泥底。"极为生动。

水田里种荸荠，亦种莲藕。莲藕之上所开的莲花略显张扬，引得文人纷纷为之作赞词，立在一旁的荸荠也不恼，也不争，按部就班地抽芽、开花、结果，像是一位"两耳不闻窗外事，一心只读圣贤书"的清寒书生。

六月前后，荸荠开始开花，纤细的绿杆子生得笔直，上面顶着青褐色的小花，其身姿如英国白金汉宫前戴着高高熊皮帽的皇家卫兵。

霜雪之后，鲜润的荸荠已在水田的泥土中成形，农人便开始采荸荠。之前，采荸荠是个苦活计，冷天里赤脚走入水田，弯着腰用手翻出泥土，把泥土里的荸荠抠出来，稍微不注意，手脚就会被混杂在泥土里的尖锐物刺得鲜血淋漓。随着科学技术的提高，很多地方采荸荠前，会先用水泵在田间冲洗，冲洗后，荸荠浮在水面上，人再捡拾就显然轻松多了。

洗干净后的荸荠表面很光滑，扁圆形，红黑铮亮，顶上有一个矮矮的"小辫子"，削开皮后，可见白色水润的果肉，宛如荔枝肉的颜色。宋人陈宓认为它的味道和荔枝也相似，所以写下了"风味仍同荔子看"的评述。

出自水中，荸荠称得上是名实相符的水果，入嘴还没嚼上几下，汁水就冲到牙关面前了。荸荠的气味带着莲花的清香和河泥的水泽香，缓缓咽下去，清润入心，整个肺腑都像被清洌的泉水浸润过。

生吃荸荠会感受到荸荠的清甜，若将荸荠煮熟了吃，它会更甜，但汁水却少了很多，口感也变得香软粉腻。

荸荠的甜，可发扬光大，比如做成拔丝荸荠。其做法是：将煮后的荸荠放在凉水里浸泡，接着削皮，裹上面糊，入锅炸至两面金黄捞起。白糖和水，煮开后倒入炸好的荸荠，搅拌装盘。看上去黄亮的荸荠像是一个个小面饼，夹起一块，挂有糖浆的荸荠依依不舍地离开同伴，它似乎不想割舍这手足之情，还用透明的丝线连接着盘子里的兄弟。喜欢花色的食客还可以在荸荠出锅装盘后，撒一把芝麻和红绿丝。拔丝荸荠外热内冷，鲜甜、软糯，吃上十来只都不觉得腻嘴。

小雪时节，有拔丝荸荠相伴，我一边围炉取火，一边看书，看窗外飘着的小雪，顿觉心情温暖，岁月安详。

二十一、大 雪

雪里蕻：雪深菜独盛

"小雪时节腌雪菜，小雪大雪吃雪菜"，腌制、食用雪菜是大雪时节的重要活动。雪菜学名叫作"雪里蕻"，对于"蕻"的释义，《辞源》介绍："蔬菜名，即雪里蕻，俗称雪里红，也称春不老，是芥菜的变种。茎、叶可食，常腌制为咸菜。雪深诸菜冻损，此菜独盛，故名。"

雪里蕻性温，味甘辛，含有较多的维生素 C、胡萝卜素和大量膳食纤维，有醒脑提神、开胃消食、温中利气之效。

南方人吃面，喜吃以雪菜为"浇头"的面条。雪菜面，通常是指雪菜肉丝面，城隍庙的小吃就包含这道面点。丝丝缕缕的雪菜，携手根根条条的肉丝，同入油锅，放调料增色添香，急火混炒，雪菜保持清脆，肉丝不失鲜嫩。雪菜肉丝可做浇头面或盖浇饭，餐食简单，味道醇厚，能够唤醒沉醉腹中的馋虫。

梗细叶大的雪菜，一年可种多次，冬播春收的雪菜叫春菜，秋播冬收的雪菜叫冬菜，然而不管什么期间种植，美味始终不变。寒冬季节，万物蛰眠，雪菜在田野中起伏绿色的脉搏，它们把风雪的寒意化成生长的动力，锯齿状的叶片似乎解释了它的另一个名字——霜不老。

大雪前后，菜场上出现不少挑担子卖雪里蕻的农人，勤劳的主妇买上几担回去，卷起袖子，扎上围裙，洗去菜帮子内侧的泥点，到天井里拉几根尼龙绳，依次挂上，让雪里蕻吸足日光的养分。雪里蕻身形缩小后，用盐搅拌揉搓后入缸，再以青石板压紧密封。半个多月后，青绿的雪里蕻增添了一抹暗黄，此时将其切段炒熟，切几块豆腐，烧一碗雪菜豆腐汤，不放味精味自鲜，亦能驱走全身的寒气。

有一年大雪节气，我在宁波出差，品尝了当地的名吃雪菜黄鱼汤。外皮煎得焦黄的小个头黄鱼肉质细嫩，用筷子轻轻一点，片片肉瓣就下来了。就着一勺醇香的汤汁，用雪菜叶裹住雪白的黄鱼肉送到嘴里，在还没启动牙齿的开关之前，海鲜掺杂腌菜的奇异浓香就在点击舌头的表层了，轻微嚼上几下，刹那间鲜香味便全部涌现出来了。

雪里蕻有祛油提味的效果，是人们生活中不可或缺的食物，如早点店里的包子、小吃档口的粢饭、夜宵摊上的油饼……但若想品尝到雪里蕻的原味，最好还是将它剁成末煸熟，佐热粥食用，挑一筷子雪里蕻在凝固黏稠的粥膜表面轻轻搅动，水汽袅袅，端起米粥，吹着气吸溜上一口，咸淡分明的糯滑中有了一星点的清脆，仿佛平淡岁月里闪烁出的浪漫火花。

香肠：腊月餐桌增俏色

"冬腌风腊，蓄以御冬。"到了大雪这一天，家家户户都开始腌制香肠，为很快到来的春节做准备。香肠散发的那种香味让人着迷，让人沉醉，品尝后回味无穷。

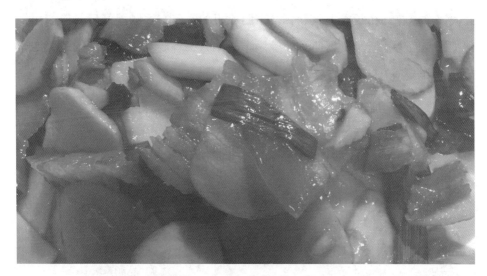

大雪期间，走在大街小巷，总能看到平房的屋檐下、小院的竹竿上挂着一串串香肠，红红白白看上去极为养眼。在冬日阳光的照耀下，常有一两只调皮的麻雀在这些长长短短的腌腊货架旁边叽叽喳喳，仿佛也在馋那浓郁的

腊香味。

香肠是腊月里待客的必有菜品，蕴含着吉祥之意。春节亲朋聚餐时，男主人会说声"香甜的日子长长久久"，主妇心领神会，笑盈盈地转身从厨房里端上一碟香肠，以助酒兴。

香肠若想好吃，馅料得有考究。我吃过最好吃的香肠，是用一种叫苏太黑猪的猪肉腌制的，肉质鲜美，鲜嫩含汁。母亲在灌香肠前，会早早来到市场，到熟识的肉铺挑一块新鲜的猪肉，这时的猪肉摸上去还透着一丝热乎气，一般选择七瘦三肥、不肥不腻的猪腿肉，顺带再捎上几段用来做肠衣的猪小肠。

母亲回到家，把猪腿肉剁成细细的肉粒，放白糖、白酒、细盐、味精、葱姜汁等作料拌匀，最后还要撒上一点虾子吊鲜，然后腌上一整天入味。第二天早上，母亲便开始灌香肠了，先把猪小肠放到木盆里，加食碱、白醋搓洗，再用竹篾片刮掉小肠的黏膜和油脂，直至小肠成为白白亮亮、没了异味的肠衣。灌肠时，母亲拿个小漏斗，将腌制好的肉馅注入肠衣，填充到一定距离，拿绣花针在肠衣上扎洞，挤出肠衣里的空气，香肠灌好后，母亲用棉线把肠衣两头扎紧，放到通风处晾晒十天半月，香肠在阳光的映射下，变得凝脂莹白，鲜亮润泽。

腌晒好的香肠有很多吃法，可直接放到米饭锅里蒸食，在蒸制过程中，香肠吸收了米饭的香味，看上去红白剔透，吃一口咸甜香糯，回味悠长。当然，香肠入菜也是很不错的选择，炒、炖、煎、炸都很适用。近年来，流行一道香肠切片打底做的干锅杏鲍菇，香肠一经焖煎，口感更为香润，而爽滑的杏鲍菇在香肠油脂气的浸染下散发着菌香。

大雪到来之际，香肠的香味也让很多游子魂牵梦绕。每年回家时，他们都要吃长辈灌的香肠，即便在临别之前，也要打包带上一些。在游子的心目当中，浓郁的乡情、温馨的亲情才是香肠独特美味的缘由所在。

茨菰烧肉：水蔬荤搭得真味

古人云："大雪，十一月节，至此而雪盛也。"雪花纷飞的季节，在水乡茨菰是最常见的食材，冬日人们受风寒影响，容易着凉咳嗽，食用茨菰能生津润肺、补中益气，具有较好的保健作用。

茨菰的温润滋补，带有些许母性的色彩，它也写作"慈姑"，往深处想，有慈祥姑母的释义，让人感到贴心而温暖。

传说慈姑的名字因观音菩萨而来，某年水乡遭受旱灾，观音见状后，降临人间，化作村姑，引领人们来到干涸的池塘边，把慈姑种子撒到近水处，并以净瓶中的甘露浇灌。慈姑很快长大结果，人们靠慈姑度过了灾荒。后人为纪念观音的善举，便将这种作物称为"慈姑"。

水乡的池塘、浅湖、垛田等处均是种植茨菰的佳处，尤其垛田是茨菰的重要栖息地，一块块不规则的田地浮在水面上，以雄健的气势给水乡贴上了鲜明的标签。入冬后，茨菰们从肥力十足的湿土地中出世，开始寻求生命价值的最大化。

茨菰外形很奇特，前段身体圆形，拖着带有小弧度的长尾巴，模样如蝌蚪，又似一个大大的逗号。周身布有黄褐色的表皮，烹饪前，需用金属小勺将表皮刮去，以减轻茨菰的苦味。

食材的本味，恰似人的脾性，与生俱来，很难完全改变。褪去黄皮的茨菰仍会有一些苦味，但只要以肉类相伴，炉火的温度让肉汁深入茨菰体内，它的清甜潜能便会被激发出来。

茨菰烧肉是水乡的传统土菜。其做法是：将带皮五花肉切成块，锅内爆香后加入劈成小半的茨菰，猛火烧开，慢火细炖，黏稠的汤汁缓缓地与菜品结合，直到肉块变成酱红色，茨菰也变得红亮起来。咬一口茨菰，有热香钻入鼻内，茨菇的甜意在嘴中涌动。爱吃的人，往往置红烧肉于不顾，举着筷子来回夹食茨菇，往往一块还没下肚，又要夹几块送到嘴里。

　　大雪时节，大量上市的茨菇成为人们常吃的菜品之一。在鹅毛大雪飘荡之际，静坐室内，温一壶老酒，吃一碗茨菇烧肉，定不会辜负这水乡的冬日！

二十二、冬 至

豆沙汤圆：白亮饱满常团圆

冬至吃汤圆是民间的传统习俗，有古语叫作"家家捣米做汤圆，知是明朝冬至天"，汤圆外形个头饱满，白亮剔透，是团圆美满的象征。

汤圆起源于宋代，冬至吃汤圆，吃的不仅是一份美味，更是一种浓浓的亲情。很多孩子都吃过长辈包的汤圆，那种味道，百吃不厌，一生难忘。

小时候，每到冬至时，我母亲都会包汤圆。冬至前夕，她会提前两天去集市上买上一小袋糯米。母亲选购糯米很有讲究，不能有一点粳米掺杂其中。

母亲把糯米背回家，先会用清水浸泡半天，这样磨出的糯米粉才会香糯不粘牙，接着把浸泡后的糯米加水放到磨盘上进行人工推磨，随着磨盘轰隆隆地转动，石磨缝里的白色米浆流淌到磨盘下方的桶中，再将桶里的米浆反复倒入磨眼磨上几遍，直至粗糙的米浆变得完全细腻。最后，母亲用细沙袋装入米浆，等晾干水分就大功告成了，成型的糯米粉色如白雪，散发着淡淡的香气。

冬至这天，母亲会赶早起来包汤圆：在面盆里倒入温开水，加入糯米粉和面，经过搅、拌、揉、压之后，糯米粉就和好了。然后母亲扯一小块米粉放在手心里，再包上些馅料。往往包好的汤圆还没煮熟，我就会盯着锅舔着嘴唇，母亲看到我的馋样，拿个汤匙舀点馅料放到我嘴中，嗔怪说："小馋猫。"

母亲包的汤圆，是以豆沙为馅料的，还掺入了糖桂花。豆沙馅料也很考究：淘洗干净、浸泡过的赤豆煮烂后，搁凉放置竹筛里，一边用水冲洗一边搓擦，赤豆的外衣很自觉地就褪除下来了，"洗沙"过后的赤豆装入布袋，滤出水分，这样的豆沙馅料质地细腻，无任何渣感，吃起来十分香甜。

煮好的汤圆珠圆玉润，从锅底探出身子，顽皮地浮在水面上，慢悠悠地打着滚。母亲把盛上来的汤圆让我分别先给爷爷奶奶端去，接着再给我盛上一碗。我舀起一个汤圆，轻轻在面皮上咬开一个小口，那咖啡色的馅儿就流了出来，轻吹去热气，一口吮下，那糅合着桂花的豆沙、芝麻糖馅顿时在舌尖漫溢开来，爽滑细腻、糯香甜软的口感让我久久不能忘怀。

很多年过去了，我现已成家立业，母亲也渐渐老去，但她的勤劳依旧。到了冬至这天，她还是会不厌其烦地包汤圆给儿孙们品尝，那汤圆，因裹着浓郁的母爱更显得浓郁、香甜。

豆腐花：磨砻（lóng）流玉乳

冬至呼啸的寒冷吹得人心里发慌，手脚冰凉。此时吃一碗滚热可口的豆腐花，是可以驱寒带暖的。

充满热情的豆腐花有着凝脂般的娇柔性格，用细瓷勺子轻轻搅拌，它立即分化成若干碎花。它像白嫩可人的佳丽一般，随着汤汁的晃动轻盈地舞蹈，打捞着它送至嘴边时，它滑溜地从齿缝穿过，给舌尖留下一个水灵灵的背影。

豆腐花的美妙，当配得上名字中的"花"字，这个神奇的字眼，是对植物黄金岁月最好的褒奖。但没有风雨的铺垫，就没有彩虹的光芒，让豆腐开

花不是容易的事情，所谓"世上三样苦，行船、打铁、磨豆腐"，做豆腐花的人家，很少能睡个安稳觉：泡黄豆、磨浆水，生火烧煮。期间还不能掉以轻心，尤其是烧开后的点卤工序，点卤量多少是个关键，靠的是经验与细致，适量的盐卤下锅后，沸腾的豆浆变得安静，它默默地绽放片片洁白的豆花，潜伏到清水之下，像是洁净海水里的白珊瑚。

"冬至温情，天寒情暖"，柔情无限、状如无暇美玉的豆腐花，与雪花颜色几无区别，丝丝气息搅和着豆香味挥散出来，足以消散内心的惆怅。

寒冷时节，天也才麻麻亮，卖豆腐花的人已经出摊了。待食客坐定后，摊主用黄铜勺子舀上一碗豆腐花，碗里已放了酱油、麻油、辣椒酱、虾皮、蒜泥、香菜、紫菜、榨菜丁等佐料。食客们坐在杂木凳上，围在条桌四周，扶着碗，闷着头，轻啜细品，吃得还未过瘾的食客，还会到隔壁摊上去买烧饼、油条搭配。黄灿灿的油条是豆腐花的绝配，撕一段泡在豆腐花里面，等蘸饱了汤汁夹起来再咬，别提多美味了。

以豆腐花为主料，也能做一道好汤。有一年大雪纷飞之时，应邀去朋友家吃饭，他的爱人做了一道豆花汤，打几个鸡蛋，切点木耳、香菇、咸肉片倒入豆花中，待菜上桌后撒一把蒜花，加一点胡椒粉，汤就做成了。在酒后喝汤泡饭，只觉暖香怡人。

豆腐花还有称谓叫"豆腐脑"，如果按照国人"吃脑补脑"的观念来看，豆腐花对我等靠码字为生的人来说，该是大补。但我觉得吃归吃，还是不要和功利化的疗效挂钩，不求豆腐花补脑，只求它能在寒天里温暖我们的心。

茭白肉丝：翠叶森森剑有棱

寒冷的冬至，万物休整，此时以饮食养生，既能饱口福，又能助健康，当是两全其美的乐事。享有"水中人参"美名的茭白便是上好食材。

茭白又有高瓜、菰手、茭笋、高笋等名号，它是一种水生野蔬，以往很少有人种植，它一般扎根在水岸滩涂的淤泥里，形似芦苇，外面包裹着绿色外皮，剥开后可见白嫩的茭白茎肉。很多水乡孩子将茭白采下来后直接食用，鲜脆多汁的口感也能解馋。

茭白是一种具有传奇色彩的植物，它经历了从粮食到蔬菜的转变过程，茭白的籽粒曾是历史上重要的粮食作物，叫作"菰菰"。菰菰曾是古代的一种粮食，秋日里，菰菰的种子成熟了，古人将之采集下来，去壳晒干后，称为菰米，其与秬黍、稷、粱、麦合称六谷。

菰从谷类的辞典里消失，源自成长过程中的一次蜕变。有一种黑粉菌在菰的幼茎内生存了下来，受到感染的菰不再抽穗结籽，茎部却逐渐长大，成为今天粗壮的、富含蛋白的茭白。

其实在宋以前，古人既吃菰米，也吃茭白，据《晋书·文苑传·张翰》记载："翰因见秋风起，乃思吴中菰菜、莼羹、鲈鱼脍。曰：'人生贵得适志，何能羁宦数千里以要名爵乎！'"秋日里，晋代名士张翰因想食老家苏州的菰菜、莼羹、鲈鱼脍，认为人生重要的是舒适快乐，何必要什么功名利禄，随之辞官返乡。这个典故里说到的"菰菜"就是茭白，只不过随后的"莼羹鲈脍"这一成语把茭白的名气掩盖了，让张翰思念的茭白并不完全为后人所重视。

清新的茭白，无论荤烧素烧还是蒸炒炖煮都好吃。清人薛宝辰认为茭白有水乡风味，与之同一朝代的袁枚认为茭白与荤物搭配更为鲜香，他在《随园食单》中记载："茭白炒肉，炒鸡俱可。切整段，酱醋炙之尤佳。煨肉亦佳，须切片，以寸为度，初出瘦细者无味。"

我对袁枚的论断深表支持，冬至时节，我喜欢吃茭白肉丝。现在的茭白，很多是人工种植的双季茭白，一年收获两次，第二次收获期就在冬至前夕。茭白肉丝的做法是：将茭白、青红椒、葱、姜、瘦肉偏多的猪肉，打理洗净后，葱切段，姜切块，其余三种食材切成丝。肉丝以料酒、水、淀粉拌匀后腌制，肉丝下油锅煸炒后盛起。锅内再烧油，放入葱姜爆香后，倒入茭白丝，接着放盐、糖、老抽等调料，炒至茭白变软，放入肉丝、青红椒丝翻炒，片刻后，即可出锅。

茭白肉丝的烹制过程不算复杂，但对刀工很有讲究，茭白要顺着纹路切才好吃；猪肉要逆着纹路切吃起来才不会柴。烹制得当的茭白肉丝吃起来口感丰富，茭白内的汁水与肉汁混到一起，清脆、绵软、糯嫩互为交织，别有一番风味。

二十三、小 寒

腊八粥：内质丰富有禅意

"小寒大寒冻作一团"，小寒时节，正值腊月，喝腊八粥是很多地方的习俗。旧时主家熬腊八粥，不仅供亲朋食用，甚至连上门问路的旅人，也会递上一碗给他喝。温暖身心的腊八粥，传递着淳朴的乡土民情。

相传腊八粥和释迦牟尼佛有关，因此腊八节也被佛家认为是佛祖成道的日子。这一天，各寺院不仅要诵经纪念，而且还有以谷物果实熬成的粥，无偿提供给信众品尝。

　　寺庙的腊八粥，我幼年品尝过多次，是将诸多食材在很大的一只铁锅内熬煮，出锅时浓香满屋，排成长龙的人们拿着锅碗，有序地等待着僧人施粥。

　　关于腊八粥的选料，没有固定的模式。据宋人周密《武林旧事》记载："用胡桃、松子、乳蕈、柿、栗之类做粥，谓之'腊八粥'。"其实腊八粥选材不局限于上述材料，五谷杂粮、蔬菜干果皆可入粥，常见的有江米、黄米、红香米、大麦米、薏仁、芸豆、红豆、花生、红枣、莲子、桂圆、核桃等，腊八粥可随各地风俗习惯、个人需求调整，对具体食材没有精确的数量要求，适量即可。

　　腊八粥宜以红泥小炉、紫砂钵这样的器具文火熬煮。熬煮时先洗净各种食材，放到注有清水的钵内，然后安置在火势正旺的小炉上，钵内的腊八粥悄然地沸腾，表面慢慢凝固成一层黏稠的透明膜。

　　正是这色感极佳的透明膜堵住了热气的通道，让腊八粥多了一层迷惑性。性子急的人，大口吞食难免被热粥烫着，故吃腊八粥需保持平静的心态，手执瓷勺，慢慢搅动，细细品啜。

　　吃腊八粥，还贵在坚持本味，糖和盐的掺和均不可取，同时也不要搭配任何小菜，这样才能品尝到食物的真味。

　　小寒时节，和家人一起熬一锅腊八粥，熬好后一家人喝着粥，聊着天，真是其乐融融。市场上售卖的铁罐装八宝粥是无法比拟的。幸福，有时就是这么简单。

炕山芋：寒天街头有热香

冷气积久为寒，寒冷程度未至极点，这是古人对小寒的解释。小寒之时的大街上，寒风席卷着枯黄的梧桐叶来回升落，行人们匆匆而过，偶有炕山芋炉子冒出的阵阵烟雾，给萧冷的街头增加了暖意。

炕山芋是用一只大圆桶改造的炉子，桶内燃有炉火，山芋置在炉膛壁，靠着炉火的热力烘熟。山芋经过炕，鲜亮的红皮变成深褐色，外皮上会渗出少许糖油，凝结在山芋表面，这表明经过火温炙烤后的山芋已经熟透了。

女作家谢冰莹认为：冬天坐在火炉旁边，一面看着心爱的小说，一面守着烤红薯，真是说不出来的快乐。但我以为，室外品食炕山芋更为洒脱生动，在炕山芋的炉子前停下脚步，买一块热烫的炕山芋后，手上的山芋如火炭，需左右手不停地交换，上下颠来抛去，此刻的山芋有了运动休闲器具的功能，似要把行人身上的热气调动升腾起来。

当手脚逐渐暖和的时候，剥开炕山芋酥脆甚至还带有黑焦色的外皮，便可看到里面是橙红色或金黄色的山芋肉——这分别是红心山芋、白心山芋炕后的不同质态：炕后的红心山芋软烂香甜，香甜宛如蜂蜜；炕后的白心山芋酥糯可口，味似板栗，吃时会有小块状的山芋籁籁往下落。

三九寒天，在南方很多城市的街头都可以看到炕山芋的炉子。同样的场景，北方依然也可以看到，只不过换了个名字，叫作烤红薯。南方与北方尽管在很多吃食上存在差异，但炕山芋却成了南北方饮食共融的榜样，它的甜香味飘过了大好河山，飘过了一代代人的年华，飘到了海外华人居住的地区，它的味道包含了祖国的味道、家乡的味道、情感的味道……

最近，画家老邵和我闲聊时，说看见寒天里，街头上炕山芋的炉子上贴了支付宝和微信的二维码，有不少年轻的食客哆嗦着用手机扫码付款购买炕山芋，他准备以此为题画一幅作品。我期待他早日完成这幅作品，名字我替他想好了，就叫《寒天街头有热香》。

奶汤鲫鱼：龙湫山下鲫鱼肥

"寒鲫夏乌"，小寒之时，吃鱼也很有讲究。鲫鱼性暖，乌鱼性凉，是冷热不同节令的食补佳物。

相比乌鱼，鲫鱼是家常的，料理它不仅程序简单，调料也不需太多，但它似乎难上台面，在外请客人吃饭点鲫鱼似乎很没面子。相对来说，鲫鱼更适合邀上亲朋好友在家吃，或以红烧鲫鱼下酒，或以奶汤鲫鱼醒酒，直到众人喝得面红耳赤，偶有窗外的冷风吹来，内心依然还火热真诚。

红烧鲫鱼搁置冷了，吃鱼冻亦妙。做鱼冻宜选150克左右的小鲫鱼，烧熬的时间稍长一些，让鱼肉化解到汤汁里；烧后用食物罩盖着，寒天放窗口处，不一会儿就会凝结成琥珀色的鱼冻，吃时用勺子舀着，冰凉润喉，入口回香。

不过我吃得最多的还是鲫鱼汤。幼时我生活在祖父母身边，寒天天气干燥时，我鼻子老是出血，祖母得知鲫鱼汤清火，便炖奶汤鲫鱼给我喝，吃来吃去，鼻子很少出血了，我也喜欢上了喝鱼汤。每次祖母都会把第一碗鱼汤盛给我喝，我喝时，她就在一旁安静地看着我，直至我把一碗鱼汤喝光。

祖母在炖鱼汤的那段日子里，天刚亮她就拄着拐杖，挎着提篮，去北郊的鱼市去选购鲫鱼了，两千米的路程，其中还有段坑洼不平的泥土小路，全凭她

一双缠过足的小脚走过，一个来回下来，脚肯定是酸疼的。但祖母总是一张笑脸，回来后，她又会不停歇地打理鲫鱼，苦累好像总和她无关。

祖母炖的鲫鱼汤，是用煤炭炉子慢火细炖，鱼汤端上桌后，乳白色的汤汁泛着细微的小泡，这时祖母会撒些去腥带暖的胡椒粉，胡椒瞬即在汤汁表面凝结成一层淡黄色的薄膜，香味随着迷蒙的水汽扑向鼻腔，呷一口，全身尽是盈盈暖意。

想来很是惭愧，面对美味的奶汤鲫鱼，我也冲祖母发过脾气。有一次，我喝鲫鱼汤时，刚捧起碗喝了几口后，看到碗里有煎蛋碎末和肥膘肉片，我便大发雷霆，质问祖母为什么鱼汤里面有杂质，祖母喃喃地说，只是想尝试如何让汤变得浓白些。我随即把汤碗一推，生气地说，不喝了。噘着嘴，闷着头，赌气似的扒拉完一碗白米饭。

在祖母去世多年后，我在一位厨师好友家吃饭，酒过三巡，他上了一道奶汤鲫鱼，汤汁浓白，味道鲜美，我问他炖的鱼汤为何这么好喝，他说，是以煎蛋、肥肉和鲫鱼一道吊的汤，猛然间，我想到了祖母的那碗鲫鱼汤，喝着喝着竟暗自流下了眼泪。那一碗蕴含亲情的鲫鱼汤，我这辈子都不会喝到了。

如今进入寒天，我还会按着祖母的方式烹饪一道奶汤鲫鱼。我会永远回味这只属于祖母的汤品，并深深地思念着她。

二十四、大　寒

芋头油渣羹：香似龙涎仍酽白

大寒时节，大风、大雪降临人间，寒冷的天气影响着人的味觉和胃口，此刻若吃上一碗母亲做的芋头油渣羹，热香气在身体内涌动，处于冬眠状态的器官似乎又苏醒了。

芋头油渣羹里的主料是芋头，它是多年生块茎植物，叶片为鸡心形，大如蒲扇，和滴水观音的叶片很相似。以前我经常把两者混淆，后来得知，芋头叶比滴水观音的叶子颜色要淡，更显著的区分是：芋头叶子中心有个紫点，而滴水观音是没有这个"胎记"的。

说到底，滴水观音是观赏植物，且有毒性，不能像芋头般被当作食材。

就是芋头的名字，都会给人带来祝福。一家人吃饭时，很多长辈会劝导晚辈吃一些芋头，他们总会说："多吃芋头遇好人"，原本净挑着鱼肉吃的晚辈，听了这话，筷头总不由得伸向芋头。

芋头成熟时，人们刨开泥土，起出芋头。它上面的叶片有些枯萎，叶柄却还是绿色的，叶柄的底端连接着黑褐色的芋头。吸足营养的芋头像是陀螺玩具，上面还有黏附泥土的根须。

芋头填补了大寒的单调，少读《小窗幽记》，至今仍记得书中"拥炉煨芋，欣然一饱"一句。寒天里，在炉火中投几粒芋头，一会儿，再从炉火中扒出，揭开黑皮，吹着气，吃着脂膏般的芋肉，味美，心境更美。

炉火煨芋等于是把芋头当主食食用了，芋头油渣羹则是滋补的汤品：将去皮后的芋头切成小丁，油锅翻炒后加水，烧开后放入切成细末的猪油渣，等到山芋烧制烂熟，放盐，撒一把青蒜花，起锅。在富含淀粉的芋头的作用下，汤汁变得黏稠，荡漾着米白色的光泽，近距离地看，能感到扑面而来的热香气。芋头丁糯得厚实，带有粉腻的鲜味，油渣是一种香软质态，吃上一碗后，嘴里还留存着芋头的细微分子，舌头只好慢吞吞地对它们进行"扫荡"，接着又极不情愿地把它们送给肠胃消化。

芋头油渣羹还有个名字叫"鸭丁羹"，这是贫困期间百姓的一种调侃，这也说明了它的鲜美是可以媲美禽肉的。我想到《板桥家书》里的一段话，"天寒冰冻时暮，穷亲戚朋友到门，先泡一大碗炒米送手中，佐以酱姜一小碟，最是暖老温贫之具"。而这不带半点荤腥的"鸭丁羹"，同样可归于"暖老温贫之具"行列。

九斤黄风鸡：丰年留客足鸡豚

在二十四节气当中，大寒是最后一个节气。大寒过后将是农历新年，民间在这个时候往往已经开始准备过年，很多家庭会腌制风鸡，以备春节期间食用。

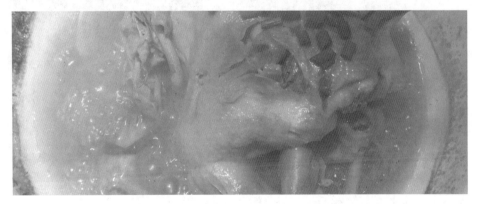

腌制风鸡，首先原料要好，原产于苏沪的九斤黄风鸡就是著名的土鸡品种。据民国文士夏兆麐在《吴陵野纪》中记载，"亦有大鸡名九斤黄，或称叉冠鸡，名亦著"。

九斤黄个大体重，鸡冠分叉较大，羽毛、嘴、脚爪的颜色均呈黄色，成年母鸡能长到三四千克重，而公鸡可长到四千克以上，故有"九斤黄"之称。九斤黄多散养在田间地头，以青草、昆虫为主食，偶尔也会啄食匍匐在田沟边侧的螺蛳。

无忧无虑的田园生活，提炼了九斤黄实打实的品质，奔跑让它们挥发了脂肪，天然的野食让它们身体变得紧实。它们在悠悠的时光里缓缓成长，生长出纯美的肉质。民国时，江苏泰州谦益永盐栈经理潘锡五宴请江苏省省长韩国钧，用九斤黄老母鸡佐以鱼翅、鲍鱼、火腿、干贝等做了一道"鸡包翅"，韩氏吃后觉得十分可口，特起了个更文雅的菜名"千里婵娟"。

选做九斤黄风鸡的对象，须是重一千克左右的九斤黄，这时的鸡正处于生长的青春期，肉质鲜嫩、韧性十足，有很好的可塑性。腌制前先把挑好的九斤黄养上一天，只喂以清水，这样的"断头饭"可能有些刻薄，却是好味道的必要程序，水的滋养增加了它皮肉的鲜嫩。

腌制前，先要备上炒熟的粗海盐、花椒、八角、桂皮、茴香等草本调料，活鸡宰杀后不拔掉鸡毛，直接放干血水，在其翅膀下开一"小窗"，从里面掏出内脏，用洁净的布头探进去把鸡肚内的血污擦拭干净，在鸡肚内、皮毛上均匀地涂抹上炒好的调料，最后把鸡头拐个弯塞到"小窗"内，用麻绳捆扎紧，把鸡翅、鸡腿依次扎紧，挂到屋檐下风干，两个月不到，就可以品尝到醇香的九斤黄风鸡了。

取下的九斤黄风鸡，貌似风干的标本，孩子们不免好奇，试探性地摸上一下，连平日文静的女孩子也不再矜持，央求大人给几根羽毛用来做毽子。这种羽毛当然不好做毽子，于是大人便用诸如"过会给你吃鸡"的话语安慰孩子。孩子们瞬间安静下来，看着大人烹制风鸡。

九斤黄风鸡拔掉羽毛后，是金黄色的皮层，颜色鲜亮柔和，有醇香飘散。

清水浸泡去掉过重的盐分，放鸡在铁锅里与少许的猪油同炖，火光升腾的时候，隐藏在水蒸气里的浓香迅速混迹到空气里，让大人小孩的舌尖有了湿润的感觉。风鸡很快炖熟，大人捞起切开装盘，给面露馋相的小孩嘴里塞上一块，小孩嚼上几口，咸鲜的外衣下有肉干的韧劲，腊香一层层地包围舌尖，下咽后仍能感受到强烈的香味。小孩吃上瘾后，往往会不顾大人的嗔怪，再拿上几块吃起来。

还可用荷叶包裹九斤黄风鸡上大笼屉蒸熟食用。荷叶的清香很容易被紧致的鸡肉吸收，吃起来会感受到鸡肉里隐含着淡淡荷香，品尝时闭上眼睛，还真能遐想出置身池塘边，与三五知己一边吃鸡品酒、一边赏荷吟诗的妙境。

九斤黄之所以能成为美味的风鸡，与大寒期间的气候密不可分：携带晚熟稻谷芬芳的风儿风干了它的水分、冬日散懒温暖的阳光催发着它的质变，在日复一日中，它积累了隽永的滋味，在这味道中，当然还有愈来愈浓的年味。

年糕：步步高升新一年

大寒天气虽冷，但人们的心却不冷，因为"过了大寒，又是一年"。在迎接农历新年到来之际，人们吃上几块香甜的年糕，憧憬着来年一切更好，心中充满着无限的喜悦。

年糕的历史相当悠久，吃年糕的来历有两个版本。一是说远古时期，有一种叫作"年"的怪兽，在冬季时，会下山以百姓为食，后来有一个叫作"高氏族"的部落，在"年"下山之前，把粮食做成条块状的食物给它吃，"年"到来后，吃了这种食物便不再吃人，上山去了。逃过"年"之虎口的百姓为纪念"高氏族"的功劳，便把这种食物各取一字，称为"年高（糕）"。

还有一个版本是说春秋时代，吴王阖闾命大夫伍子胥修城。城垣建成后，伍子胥嘱咐随从说，我死后，如国家遭难，民饥无食，可往相门城下掘地三尺得食。后伍子胥遭受陷害，自刎身亡，吴国也被越国攻破，民众缺粮，这时，随从想起伍子胥的话，带民众去相门拆城掘地，发现下面的城砖是用糯米磨成粉后所制，后来民众为纪念伍子胥，就开始在春节这天吃起了年糕。

年糕的制法，各地不同，很多地方把年糕叫打年糕。打年糕要有几天的准备时间，先要让家里的男劳力把浸泡过的糯米用碾子磨成粉，然后装布袋子里晾干。到了打年糕的这天，妇女们相聚在一起，带着自家的糯米粉一起打年糕：把糯米粉和温水掺在一起，放到面盆里，加上些白糖、糖桂花搅拌，使温水和糯米粉交融合一，随后把变成团状的糯米粉放到铺有纱布的蒸屉里蒸。蒸熟后，把糯米团放到木案上，一边蘸水一边揉，在手的反复"按摩"下，糯米团渐渐有了韧性。

接下来的一道工序就是打年糕了，把揉过的糯米团放到闲置的门板上，盖上纱布，放一条木杠子，两人分列木杠两头，上下左右压动着，随着咯吱咯吱的响声，年糕逐渐定型，然后再用刀将年糕切成火柴盒般大小，放到竹匾里。

这时，灵巧的妇女会给每块年糕"打扮"一下，她们或在年糕上按几个葡萄干、橘皮丝，或是用苋菜汁给年糕点上几颗"朱砂痣"，原本白亮、单调的年糕，有了色彩的填充，立即变得清雅、动人。

放在竹匾里的年糕，除了被馋嘴的小孩吃了几个外，多数摆放在阴凉无风的地方保存。变硬了的年糕可以存放多时，随吃随取，可以辣炒着吃，也可以糖炸或水煮，甚至在吃火锅时也可以切几片烫着吃。

年糕有步步高升的含义。"人心多好高，谐声制食品。义取年胜年，藉以祈岁稔"，这首清末的年糕诗，说明了吃年糕只是人们的一种美好寄托，幸福的生活是要靠自己踏踏实实去努力争取的。但我想，吃年糕可以开一个来年的好头，可以化作一种动力，让我们更有信心和勇气向着人生的下一个目标迈进。